孤高のメス

外科医当麻鉄彦　第1巻

大 鐘 稔 彦

幻冬舎文庫

孤高のメス　外科医当麻鉄彦　第1巻

この作品は、著者の実体験をもとに、臓器移植法案成立（一九九七年）以前の時代設定で書かれたフィクションです。但し一部の登場人物は実名のままにさせていただきました。

「審判されるなら、最後の瞬間でなく、
全生涯をみてやってもらいたい」

トーマス・E・スターツル

早春

三月も半ばだというのに、珍しく東京に雪が舞った。

教授会を終えて自室に戻って来た羽島富雄《とみお》は、窓際に佇《たたず》んでいる秘書の竹内則子《のりこ》の肩越しに、雪が降っているのに気付いた。

「おおっ、今朝はやけに冷えると思ったが、雪かい？」

「ええ、粉雪のようですけど……」

と答えて則子は、大柄な羽島の脇をすり抜けるように席に戻った。

「暖房がいるね、暖房が……」

則子の立っていた窓際に立つと、独白ともつかず羽島は呟《つぶや》いた。

「熱いコーヒーを一杯、頼むよ」

則子がポットにゆらゆらと湯気をたてるのを流し見ながら言った。

「それから、当麻《とうま》君を呼んでくれないか。オペ中かも知れんが……」

「もしオペ中でしたら、どうしましょうか？」

「ウン、何時頃終わるか、聞いてくれ」

「わかりました」

「君は当麻君を知っているよね？」

羽島の方はふり向かず、まるで予期していた問いかけでもあるかのように則子は微笑んだ。

「出藍《しゅつらん》の誉《ほまれ》。青《あお》は藍《あい》より出《い》でて藍《あい》より青《あお》し――でしたかしら？」

「よく覚えているな」

「だって、一度や二度耳にしたぐらいじゃありませんから」

コーヒーを羽島の机に運びながら、肩をすくめて則子は言った。

「アハハ、そうか……」

「いつもいつも諺《ことわざ》での表現ではなかったですけど」

「たとえば？」

則子は空《から》になった盆を自分の胸に抱えながら、人差し指をかすかなエクボにあてがった。

「近来稀《まれ》なる逸材とか、宝物を見つけたとか、もっと具体的には、あと五年もすれば俺を追い越すかも知れん男、とか……」

羽島はコーヒーカップで塞《ふさ》がれた口の代わりに鼻先で笑った。

「そうか。そんなにしょっ中言ってたか」

「格別、思い入れが深いようですね。当麻先生に」

羽島は、いくらか嘆息混じりに吐いた。

「いやな、毎年ウチのセンターには他の大学の医学部卒業生も含めて二十人ばかり修練士として志願して来るが、外科医として大成出来そうなのは、そのうち一割いるかどうかだ。ま、目の届くところでは何とかやらせられるが、独り立ちはおぼつかないというのが大方でね」

「で、当麻先生は、その数少ないエリートの一人、という訳ですよね？」

「ああ。他にも見込みのある奴がいなくはないが、今年の卒業者の中では断トツだ」

則子は、不意に目を丸めてみせた。

「外科医として大成しそうな人とそうでない人とは、どのへんで見分けがつくんですか？」

「そりゃ、オペを何例かやらせてみりゃ一目瞭然だよ」

「真面目か不真面目か、というだけではないんでしょうね、そんなふうに差が出てくるのは」

「まあ、やる気のない奴はどう仕様もないが、単に真面目、というだけでも大成しないんだよな」

「じゃ、先生のような国手《こくしゅ》になれる一番の要素は？」

「センス――一言で言えばこれに尽きるだろう。素振りを一日千回やったからと言って、誰もが王のようなホームランバッターや落合のような三割打者になれる訳じゃない」

則子は首をすくめた。

「じゃ、当麻先生をお呼びしますね」

「ああ、頼むよ」

羽島が度忘れを思い出したように大仰《おおぎょう》に頷《うなず》いてみせたので、則子は新たな微笑を誘われた。

慰留

当麻鉄彦と対座したのは、結局、それから数時間後の午後になった。当麻は既に手術に入っており、午前一杯抜けられなかったからである。

手術を受けたのは六十歳の男性で、半年前に「目が黄色いよ」と家人に指摘されて近在の開業医を訪れた。開業医は「肝炎」と診断して漫然と治療を続けたが、〝黄疸《おうだん》〟は一向に引かず、かえって増強の気配を見せた。業を煮やした家人が、別の医者に当たった方がいいとしきりに説得にかかりだした。

そんなある夜、患者は突如、左下腹部に激烈な痛みを訴えた。生憎《あいにく》土曜日で、緊急手術に対応できる外科医が当直している病院は近在に見当たらず、救急隊はやむなくやや遠方の関東医科大に運んだ。

たまたま当麻が当直に当たっていた。脱腸《ヘルニア》であると、診断は容易についた。通常なら腰椎《ようつい》麻酔をかけて陰嚢《いんのう》にまではまり込んだ腸を腹の中に戻し、緩《ゆる》んだソケイ輪《りん》の縫縮《ほうしゅく》を行うのだが、患者を一瞥《いちべつ》するなり、当麻の関心は、ヘルニアよりも目と皮膚の黄染に行った。

（癌《がん》ではない！）

もし癌ならば、黄疸をきたしながら半年間も小康状態を保ってはおられないからだ。しかし、末期的症状として黄疸を呈してくる「肝硬変《かんこうへん》」の徴候、たとえば意識の混濁なども見られない。

（これは多分、総胆管結石《そうたんかんけっせき》だ）

当麻はそう判断した。

総胆管とは、肝臓で作られた胆汁《たんじゅう》を十二指腸《じゅうにしちょう》へ運ぶ輸送路のことである。そこに石がたまれば胆汁の流れが塞《せ》き止められ、ビリルビンという色素が血液中ににじみ出て黄疸が生じる。強い黄疸の割に患者の外見に重篤感がないことが診断の決め手だった。

（が、いずれにしてもオペは避けられない）

ならば、ヘルニアの手術と同時にした方が麻酔は一回で済み、患者の負担もそれだけ少ない。

もっとも、陰嚢にはまり込んだ腸は腹の中へ戻してやらなければいけない。そのままの状態で時を経ると、腸が次第に阻血《そけつ》状態となり、発症から七、八時間も過ぎると「壊《え》死《し》」に陥って由々しき事態を招来しかねないからである。

発症してからはまだ二時間程度だとみなした当麻は、このままヘルニアを整復しても危険はないと判断し、鎮痛鎮静剤を一本打った。疲れも手伝ったか、十分ほどで患者はウトウトと眠りに落ちた。その隙を衝《つ》いてやおら腫《は》れ上がったソケイ部と陰嚢に手をあてがい、整復を試みた。

半信半疑で当麻の手もとを見つめていたナースや救急隊員は、ものの一分と経たず、ソケイ部と陰嚢の膨《ふく》らみが砂丘が崩れるように引いた時、唖然《あぜん》と目を瞠《みは》った。

こうして患者は、当麻の予見通り見出された総胆管結石の除去術に続いてヘルニアの根治術を受け、あわせて二時間半の手術は大過なく午前中に終わった。

「フム、胆石特有の疝痛《せんつう》発作がないのに総胆管結石と判断した根拠は？」

患者の「現病歴」を聞き終わるや、羽島は修練士の卒業試験の口頭試問を再現するような口ぶりで、当麻に質問を投げかけた。

「はい、石は胆嚢《たんのう》から総胆管に落ち込んだのではなく、総胆管由来のビリルビン石であろうと……」

「なるほど」

羽島は目を細めて頷《うなず》いた。

則子がコーヒーを運んできた。羽島にはお茶だった。

よぎっている。

「頂きます」

当麻は華奢《きゃしゃ》な長い指をコップに伸ばした。うつむき加減になると、濃い眉と日本人離れした深い眼窩《がんか》が際立った。秀でた額に、ごく自然にウェーブした前髪が心地好さげによぎっている。

ある事情さえなければ、この門下生の風貌にいまさらのごとく見とれることもないのだが、と羽島は胸の中で呟《つぶや》いた。

「いや、他でもない」

当麻がカップを皿に戻したところで、羽島は机の上のファイルされた書類を鷲摑《わしづか》みながら沈黙を破った。それをドサッとテーブルの上に置くと、頁をくって、「当麻鉄彦」と自筆のサインがあるそれをこれ見よがしに開いてみせた。間もなく修了式を迎える修練士達に卒業後の進路を打診したアンケート用紙であった。

「昨日、これを見て、愕然《がくぜん》たる思いに打ちのめされたんだ」

「誠に、申し訳ありません」

当麻は両手を膝の上に置くと、深々と頭《こうべ》を垂れた。その悪びれない様に、羽島の表情はかえって曇った。

「何故だね？　君は絶対に残ってくれると思っていたんだが」

「はい……」

当麻は背筋を伸ばした。

「御恩を仇《あだ》で返すようで心苦しいのですが、何卒、お許しください」

「君の母校《アルママター》に戻るというんならまだ話は分かるが、この、武者修行に出る、という意味がワシにはよく分からんのだよ」

羽島は書類の一角をきつつきのように指で打ち叩いた。

「しかも、二、三年はとある。どこにも属さず、諸国行脚《あんぎゃ》でもしようと言うんかね？」

「はい。消化器系に関しては、ここで充分修練を積ませて頂けたと思います。しかし、行く行く私は野《や》に下り、医療過疎と言われる地で働きたいと思っております」

羽島は胸に腕を組んで顔をしかめた。

「それには、消化器系のみならず、あたうる限り広く、深く、技量識見を培わねばならないと、かねてより考えておりました」

羽島はアンケート用紙と一緒に綴じられてある履歴書をまさぐった。

「君の郷里は、確か、熊本だったな。小国《おぐに》町北里《きたざと》……ウン？　ひょっとして、あの北里柴三郎の生地かね？」

「ええ。北里先生は郷土の誇りです」

羽島は一瞬唇をへの字に結んだ。

「だが君は、北里柴三郎に憧れて医者を志した訳ではあるまい?」

当麻は涼し気な目にかすかな戸惑いの色を浮かべた。

「だって、北里柴三郎は基礎医学者だ。四六時中顕微鏡をのぞいてミクロの世界をつついていた人だ。君はメスを執って、いわばマクロ的に人間に取り組んだ。動機がね、おのずと違っていた筈《はず》だ」

「そうですね。北里柴三郎に憧れていたのは、兄でした」

「君、兄貴がいたのか?」

羽島は履歴書を改めてめくり直した。

「この家族欄には、両親のことしか書いてないが……」

「八歳違いの兄がおりましたが、高校受験を前に、亡くなりました」

「君が三十三だから生きてたら四十一か。今頃はバリバリの医者だったろうにな。しかし、どうしてまた、そんなに若くして?」

「村の医者の、誤診です」

初めてかげりを帯びて膝もとに落ちた弟子の視線をまさぐった。

「虫垂炎《アッペ》だったんですが、急性の腸カタルと片付けられて——二日後に熊本の大学病院へ運ばれてオペを受けた時は、既に汎発性腹膜炎《パンペリ》を起こして二十四時間以上たっていたようです。腎不全《じんふぜん》を併発した模様で、一週間足らずで亡くなりました」

「君は、その兄さんの臨終の様子を覚えているのかね？」

「鮮明に覚えてます。冷たくなった兄の顔を両手に挟んで、身も世もなく泣き崩れた母の姿と共に」

当麻の唇がふるえ、目にうっすらと涙がにじみ出た。

修練士

数日後、「修練士」六回生の修了式が滞りなく終わった。修了証書を得たのは十八名で、当初二十名入った内の二人は脱落していた。

この「修練士」制度は関東医科大消化器病センター独自のものであったが、そもそもは、羽島富雄《とみお》の恩師に当たる現所長山中重四郎《じゅうしろう》が欧米のレジデント制をモデルに作ったものである。

山中は、明治の黎明《れいめい》期以来ドイツ医学を継承してきたことが日本の臨床医学を著しく立ち遅らせてきたと考えていた。

試験管を振り、マウスやラットをいくら殺したところで、病人を診る目が肥え、腕が上がる訳ではない。殊《こと》に外科医は、メスを執って実践を積まなければ、およそ臨床医としての技量識見は培われない。

患者もろくすっぽ診られない者が、重箱の隅をつつくような基礎的な研究で、大した独創性も臨床応用出来る見込みもない小論文を作りあげて博士号を得、それを吹聴し、肩書に冠し、開業や宣伝に用いようとする魂胆こそあさましい。

基礎と臨床は自《おのずか》ら道を異にすべきであり、臨床医を目指すならば、体力的にも最も無理が利き、知識欲も旺盛な卒後数年間はひたすら患者を診ることに徹すべきである、と山中は事ある毎《ごと》に自論を展開した。

だが、山中の奉職していた房総大は、ドイツ医学の伝統を遵守する国立大であり、外科のスタッフも、基礎医学的な論文の多寡によって昇進が左右された。

山中は、そうした国立大の因習にあらがい、臨床の実績によって周囲を屈服させてきた極めて稀《まれ》な存在であった。

彼の名を一躍高らしめたのは、それまで惨憺《さんたん》たる成績でほとんど絶望視されていた食道癌《がん》の手術成績を飛躍的に向上せしめたことである。

食道は消化管の中でも特有の構造を持ち、胃や腸の外壁を成す強靭な漿膜《しょうまく》を欠いているためにもろくくっつき難い。血行もまた胃や腸に比べて乏しい。従来の外科医達は、だからこそ食道と他の消化管をつなぐ時はより細かく縫い合わさなければと考えた。だが、多くの例で縫合《ほうごう》不全を免れず、一旦吻合《ふんごう》部が裂けると、現在のように、中心静脈栄養《IVH》なる手だてで外部から一日の必要カロリーを補って局所の栄養も保てる画期的な手段はなかったから、患者は栄養失調に傾き、傷口はさらに広がり、重篤な肺合併症や敗血症、さては腎不全《じんふぜん》を併発して敢えない最期を遂げて行った。

山中の発想は、まったく逆であった。漿膜を欠き血行も乏しい食道をギューギューしめつけるように縫ったらことさら血行不全を助長するばかりだ、と考え、吻合は出来るだけラフに行った。結果は縫合不全の激減をもたらした。実に五十数例連続して成功を収め、山中重四郎の名は日本のみならず世界にも轟《とどろ》いた。

彼はまた、手術時間の短いこと、即ち、クイック・ハンドとして世に知られた。胆摘は四十分、単純胃切は一時間、胃の全摘でも、吻合を最も多く要するρ《ロー》吻合をもっぱらとしながら三時間そこそこでやり遂げた。

五十歳までに、彼は国手《こくしゅ》としての名声をほしいままにし、まさしくそのメスの際立ちで外科学界に君臨した。

だが、青天の霹靂《へきれき》が起こった。部下の助教授が薬の治験と引きかえに依頼主の製薬会社から法外な謝礼を受け取り、それを猫糞《ねこばば》していた収賄事件が発覚、マスコミにスッパ抜かれたのである。

山中は潔かった。この不祥事を一つの転機と捉《とら》え、あっさり房総大から身を引いた。まだ五十代半ばで、メスの切れ味はいささかも衰えておらず、むしろ円熟の極みにあった。

国公立の大学病院や大病院からはお呼びがかからなかった。私大や私立の病院のいくつかが山中の名を欲しがった。

後者の中に、私大の関東医科大があった。本学と道一つ隔てた土地に、既に建設済みの「循環器病センター」と隣り合う格好で「消化器病センター」を建てたい、ついてはセンター長を引き受けてもらえないか、という、理事長直々《じきじき》のラブコールであった。候補者は他にも何人か挙げられていたが、山中の去就を知るや、彼の名が急浮上したのである。

理事の中には、いくら直接関わっていなかったからといって、いずれ部下の助教授は有罪の実刑判決を免れないであろう、と、なれば、収賄事件の責任者たるダークイメージは拭えない、そのほとぼりが冷めやらぬまま新規スタートのセンター長に収まるのはちょっとまずいのではないかとクレームをつける面々も半数近くあった。

しかし、山中のネームバリューはその一件でかえって増した、部下の尻拭いを自ら買って出たことは、山中の男を上げ、マイナスどころかプラスに作用した、と理事長は考えた。他の候補者が大方定年退職を間近に控えた高齢の教授達で、単なるお飾り的存在とみなされたのに反し、山中は尚現役の外科医として配下の者をリードして余力充分であり、それが何よりの魅力である、と口をきわめて力説した。

山中も関東医科大からの勧誘には大いに心を動かしたが、

「引き受けるについてはかねてよりの腹案がある。それを御容認頂けるならば」

との交換条件を持ち出し、表敬訪問した理事長にこう語った。

ドイツに代わって、今や世界の医学界のリーダーシップはアメリカがとっている。日本もいよいよ彼国の医療に範を求めるべきである。一言で言うなら、それはプラクティカルな医療、つまりは臨床医学の優先にある。その具体的なシステムが卒後のレジデント制であり、最低五、六年かけてみっちりオールラウンドに技術、知見の研鑽《けんさん》に努め、しかる後専門医の道を歩む。

一方我が国では、レジデント制に毛の生えたようなインターン制を一年設けているのみで、ほぼ一カ月単位で十いくつもの科をローテートするだけである。そうして一年後には、何を専攻するかを決めて一つの医局に入らなければならない。そこで教授を頂点とする教室の研究テーマの下働きをし、大した臨床経験も積まないうちに、下働きのお駄賃として学位（博士号）をもらう。それを唯一の肩書に世の中へ出ても、およそ力不足で、第一線の臨床医は務まらないだろう。一番無理の利く、エネルギーが横溢した時代に体で覚えるトレーニングを受けなければ、少なくとも外科医として一本立ちは出来ない。

故に、自分としては、欧米のレジデント制に準じた、あくまで臨床主体、実践を重んじた卒後教育のシステムを設けたい。何故なら、私学である関東医科大の学生の大半は開業医の子弟であり、いずれ家業を継ぐことになるだろう。大学の助教授クラスの実力を持つ彼国の開業医のレベルを望むことは無理としても、何とかそれに近い実力をつけさせたい。欧米の物真似も癪《しゃく》だから、「レジデント」とは称さず、純日本風に「修練士制度」と名付けたい――。

「修練士」などといささか前時代的な名称に違和感を覚え異論を唱える理事も二、三あったし、独自のそんな称号が果たして市民権を得るのか疑問である、いわば私家族、自己満足的な称号に魅力を覚えて集まる新卒者がどれだけいるだろうか、と危惧する意見も飛び交ったが、これを呑まなければ来ない、と言うんじゃ仕様がない、ま、しばらくやってみて、思惑通りにいかなければ山中さんも途中で引っ込めるだろう、との結論に落ち着いた。

だが、山中の読みは当たった。

採用者二十名の枠は、関東医科大の卒業生だけでほぼ埋まった。これに他学からの志願者が二十余名加わり、競争率は二倍近くに及んだ。山中は、自校の卒業者を優遇することなく、筆記と口頭試問で公平に選《よ》りすぐった。

修練士の日常はハードを極めた。出勤は午前七時、すぐさま入院患者の採血業務に当たる。七時半からは講師以上のスタッフの回診に付く。八時半から手術患者のプリメディ（術前の準備）にかかり、九時には手術室に入る。麻酔に付くか、手術の第三、第四助手となる。

羽島富雄は門下生の中でも出世頭《がしら》だった。論文を書くことは余り得意ではなかったが、そのメスさばきは若い時から山中の目をひいた。助教授が収賄事件を起こした房総大時代、羽島はまだ筆頭助手だった。山中が引責辞任するや、羽島も去就を共にした。山中はすぐさま羽島を助教授に引き上げたが、自分について来たという論功行賞だけではなかった。

羽島の手術の巧みさには、山中も早くから注目していた。食道よりも惨憺たる成績に終わっていた膵臓《すいぞう》をやってみろと、山中はこの愛弟子《まなでし》にのれん分けを宣した。

羽島は期待に応え、最低八時間はかかるのが常識だった膵頭十二指腸《すいとうじゅうにしちょう》切除を、五時間余りでやってのけて周囲をアッと言わせた。

消化器病センターには手術室が八部屋あって、手術は午前九時から一斉に始まったが、ここを見学に訪れた者は、たちまちある特異な現象に気付いた。八つの手術室の内、術者の姿がかき消されんばかりに人だかりのしている部屋が二つあった。山中と羽島が執刀している手術室である。

当初は、山中の七光りに甘んじていたキライもあったが、やがて、羽島は山中を凌《しの》ぐ国手、まさに〝出藍《しゅつらん》の誉《ほまれ》〟であるとの評価が次第に高まって行った。

修練士の第一回卒業生を出す頃には、関東医科大の消化器病センターは、押しも押されもせぬ日本の消化器外科のメッカになっていた。年間の手術件数は日本で最多を数え、関東はもとより全国各地から患者が集まった。政財界、芸能界の有名人も、山中の房総大時代よりも多く集まった。

修練士の志願者も全国津々浦々から集まるようになった。

六年の修業を終えた修練士達は、三分の一はそのまま医局員として大学に残りスタッフ入りを目指した。三分の一は郷里に帰って地元の病院に勤めるか親の開業先におさまった。残りの三分の一は、二人三人と気の合った連中がかたらって病院を開設した。

当麻鉄彦は、この三つのいずれにも属さぬ道を選ぼうとしていた。その選択に驚いたのは、ひとり羽島だけではない。何故なら、同期生達は皆、彼がそのまま助手として大学に残り、間違いなくエリートコースが約束されたベルトコンベアに乗るものだろうと予測していたからである。

武者修行

「そうか、どうしても覆《くつがえ》らんか？」

嘆息混じりにつぶやくと、羽島は窓へ視線を流した。一週間前窓にちらついていた雪は嘘のように桜が芽ぶいている。

「申し訳ありません」

当麻は深々と頭を下げてから、自分も窓に目を流しやった。

「武者修行と言ったが……」

と羽島は、噤《つぐ》んでいた口を開いて正面に向き直った。

「取り敢えずは、どこへ行くつもりだね？」

「癌研《がんけん》の梶原先生のオペを見たいと思っています」

「なるほど」

羽島が呻《うめ》くように吐いた。

「さすが、目のつけどころが違うな」

当麻は少しはにかむように微笑した。

「ウチの若い奴にもな、梶原さんのオペを見に行きたいから紹介状を書いてくれと言ってくるのがいる。練士の分際でだ。バカ、お前みたいなぺーぺーが梶原さんのオペを見たって何の役にも立たん、人の技術を盗み取るには、手前にもそれなりの経験と技量の積み重ねがいるんだ、オペの基礎もまともに出来とらん奴に、大家のオペなど到底盗み取れん、豚に真珠、猫に小判だ、と言ってやるんだ、ワシぐらいになってやっと梶原さんのオペを見てみたいと思うんだ、てな」

「先生は鋏《クーパー》の名手ですが、梶原先生は、噂に聞くところでは、電メスの達人だそうです」

「そうらしいな」

「一方で、乳房《マンマ》のオペは電メスは一切使わず、普通のメス一本でやり遂げると聞いています」

頷《うなず》いたものの、羽島の顔に、素直に納得したという風情はなかった。若い日には手をつけたが、山中と去就を共にして関東医科大消化器病センターに移ってからは、乳癌に手を染めたことはない。

手術の速さにかけては、羽島は既に師の山中の域に達している。否、今やそれを凌《しの》ぐ、とさえ言われている。が、消化器以外にも広くレパートリーを誇っていた山中や、山中と共に日本の外科の一時代を画《かく》した梶原のオールラウンドな才能には及ばぬとの引け目があった。

「君は、消化器以外、たとえば、マンマにも手をつけたいのかね？」

心なしか咎《とが》めるような口吻《こうふん》で、羽島は若い門下生の顔を窺《うかが》い見た。

「はい、マンマを扱うのが外科医である限り、手をつけない訳にはいかないと思います」

当麻は臆せず言い放った。

「ここにずっといれば、何もマンマまで手を染める必要はなかろうに」

「それは確かに、そうですが……」

羽島は相手が二の句を継ぐのを待ったが、当麻は視線を落としたまま唇を結んだ。

「どうやら、君の決意は半端なものじゃなさそうだな」

「御恩に報いられず、申し訳ありません」

当麻の顔が正面に戻るのを待って羽島は言葉を継いだ。

「だがな、物事は考えようでね。イソップ物語のウサギとカメじゃないが、君はただただ亡き兄さんの怨念を晴らさんものと、ひたすら、ウサギのように走っている」

かすかに首を傾けて問いた気《げ》な表情を見せた若者の澄んだ目を眩《まぶ》しく感じた。

「三十年という時の流れを、君は忘れていないかね？」

「どういう、ことでしょうか？」

「君が兄さんを失った当時、君の郷里のような医療過疎地は全国到る所にあっただろう。つまり、君にとっては唯一かけがえのない兄弟だったろうからこんな言い方は酷かも知れんが、君の兄さんのような犠牲者は、当時では氷山の一角に過ぎなかったと思われる。しかし、今日では、無医村と言われる地区はほんの数えるほどになってるはずだ。交通網も発達した。医学はさらに進歩し、少なくとも、虫垂炎《アッペ》を誤診して手遅れにしたというお粗末な状況はそうそう見られなくなった、と言ってもいいんじゃないかね？」

「そうでしょうか。都会と地方の医療レベルの格差は依然として変わらないような気がします。現に、このセンターには東京以外の近県から、どんどん患者が紹介されてきます。無論、先生を始め優秀な先輩方の実績、名声を慕ってのことでしょうが、それにしても、それほど地方には患者の信頼を集めるに足る医者が少ないのかと、悲しくなるのです」

「ま、現実はその通りなんだろ。ここでやってるようなオペをやれてる所は、東京だってそうザラにはないからな。まして地方においては、というところだが、地方と言ったってこれだけ交通が便利になった現在、患者にさほど不便を強《し》いることはないんじゃないかね？　入院してしまえば、遠かろうと近かろうと、さして変わりはない」

「患者が遠くから来る、そのこと自体はいいのです。でも、たとえば、このセンターでも、入院待ちの患者が何人もいます。進行癌であれば、ベッド待ちをしている間に確実に病状は進みます。地方のがんセンターなどでもそんな現象が起きているようです。がんセンターの医者の技術が際立っている訳ではないし、そこでなければ癌が治らないという訳でもないはずですが、それでも人々は〝がんセンター〟という名に惹《ひ》かれ、いわば〝寄らば大樹の陰〟的発想でそこへ群がるのです。そして、何日も、いや時には何カ月も待たされることになります。本当に患者のためを思うならば、癌の手術は他でも出来るからベッドの空《あ》いている所で早くしてもらいなさいと言ってあげるのが医者の良心ではないでしょうか？」

「しかしな、ワシなんかもそういう自負があるからよく分かるが、がんセンターの医者も、自分のところで引き受けるのが患者にとって結局は最善だ、と思うから敢えて他に回さないんだよ」

「そうでしょうか？　私にはどうも、それ以外の邪心が潜んでいるように思われて仕方がないのです」

「邪心？」

一歩も譲らない若者の熱い息吹を、羽島はいくらか息苦しく感じ始めていた。

「医療者が患者のこと以外に思いを馳せて為《な》すことは、すべて邪心と呼んでよいのではないかと思うのです」

「たとえば？」

「たとえば、学会などで優越を得んがため、症例を他施設より少しでも多く集めようとすることです。そのために他へ回すべき患者をいつまでも待たせておくとしたら、これは医道にもとること、邪心に則《のっと》ったことと言われても仕方がないと思うのです」

羽島は返す言葉を失った。

(純粋過ぎる！　確かにこの男は大学には不向きかも知れん)

まだまだ翻意させる余地はあると考えていた羽島の自信は、俄《にわか》にぐらつき始めた。

（ここまで確固たるアイデンティティを持ってしまっては、もう自由にしてやるしかないか……）

「君の言っていることは確かに正論だよ」

羽島は、ややトーンの落ちた口吻でおもむろに口を開いた。

「だが、そのことと、君がここを出て野《や》に下らんとすることと、どう結びつくのか、そのへんがもうひとつ分からんのだ」

「私は、そんなふうに、たとえばがんセンターのベッド待ちをしている間にどんどん悪くなっていく患者を救いたいのです」

「がんセンターの医者と張り合って、という意味かね？」

「そうではありません」

「どうももうひとつよく分からんな。君自身は、たとえばがんセンターに勤めようとは思わないのかね？」

「はい」

「何故？　大学病院は性に合わない、しかし、高度の医療はやりたい、それとも地方で、ということなら、がんセンターなどは最も相応《ふさわ》しい職場だと思うんだがね」

「がんセンターにはそれなりのレベルの医者が集まっているでしょうから、敢えて私がそこへ行く必要は感じないのです。それよりも、がんセンターで対応し切れない、より多くの患者を引き受けるべき周辺の地域の病院が、がんセンターと同等、あるいはそれ以上のレベルを持つことこそ、これからの日本の医療界の課題ではないかと思いますし、私は、そういう病院でこそ働きたいのです」

「何となく分かってきたが、しかし、君も体は一つだ。癌患者は手に負えぬ、何でもがんセンターにと、送り医者に徹している地方の病院は数知れない。君はその内の一つにしか身を置けないんだよ。と、なれば、君の孤軍奮闘も焼け石に水のような気がするが……。

ワシは、君の才能をそんな所で浪費して欲しくないんだよね。むしろ、ここに留《とど》まってスタッフとなり、幾多の有能な後輩を育てて地方に送り込む方が、時間はかかるが、君の意図するところをよほどよく達成できるんじゃないかね？　つまり、ウサギよりカメになることだが……」

「先生の仰《おつしや》ることもよく分かります。ただ、このセンターで育まれるのは消化器外科のエキスパートです。私が研修医時代を送った母校の関連病院、さては、練士の間に出向を命じられた地方の病院には、〝外科〟の看板を掲げている限り、ありとあらゆる患者が飛び込みます。練士六年で修めるレパートリーでは到底応じられない多彩さです。そして、その多彩さに追いつけずアップアップしているのが地方の病院の実態です」

「ウーン。良く言えば完全主義者、悪く言えば欲が深いんだよ、君は。一人で何もかも究《きわ》めようとしても、これだけ疾病動態が複雑化している今日、ほとんど不可能じゃないのかね。重箱の隅をつついておればいい、とは言わんが、余りに手を広げ過ぎると、とんだ落とし穴にはまりかねん。

君がいかに有能でも、所詮一人の人間のやれることには限界がある。君は消化器外科に徹したらいいんじゃないか。膀胱《ぼうこう》や子宮にまで手を染めようなどと考えない方が……」

「先生は、地方の病院の実態を、本当にはご存知ないのです」

当麻の白皙《はくせき》の額に苦渋の影が走った。

「実態を知らん……？」

羽島は語尾を跳ね上げた。

「はい。たとえば、直腸癌が子宮や膀胱にまで浸潤していることがあります。骨盤内臓全摘をやれば除けるのですが、これをやってのけるには、消化器外科の技術だけでは及びません。回腸導管による代用膀胱まで造るわけですから、婦人科や、さては泌尿器外科のテクニックも要します。全科を兼ね備えた総合病院ならいざ知らず、一万弱あると言われる日本の病院の七割を占める民間病院で、それだけのマンパワーを備えているところは限られているのではないかと思うのです。すると、こうした症例は大多数の病院で切除不能とされ、人工肛門だけつけておしまいということになりかねません。あるいは、はじめから手をつけず、がんセンターか、ウチのような所へ紹介、ということになります」

「それで、いいんじゃないか」

「……しかし、それではいつまでたっても地域の医療レベルのアップは望めません。一方で、地方の民間病院にとっては、経営的な問題も深刻です。現行の保険制度は、高度医療に高い点数を配する仕組みになっています。つまり、大手術をより多く手がける病院が淘汰《とうた》されて残り、少し厄介な患者は他に送ってしまって、小手術のみ細々と手がけている病院は、単価が上がらず、経営的にも困難な状況下に置かれつつあります」

「何だ、君は学問一筋の男かと思っていたが、いつの間に経営学にまで関心が及んだのかね？」

羽島のうすら笑いを浮かべた口もとにも、かすかな皮肉がこめられていた。

「地方の民間病院に出張していた間、院長からも、職員からも、そうした、危機感と言いますか、慨嘆と言いますか、そんなものをよく聞かされました」

先代の山中重四郎《じゅうしろう》が見越した通り、日本の医療は〝机上の学問〟を主体としたドイツ医学から〝臨床の実践〟を重視するアメリカ式のそれに変貌しつつあった。その表れが「認定医」「専門医」「指導医」といった、臨床経験とその実績の評価に基づいた資格制である。

山中の時代には、大学病院といえどもありとあらゆる患者が飛び込んできたから、修練士六年間を大学で過ごしたとて、「外科認定医」の資格を取ることはさほど困難ではなかったろう。しかし、山中の意図に反し、「消化器病センター」に虫垂炎《アッペ》、脱腸《ヘルニア》、痔《ヘモ》等、地方の一般病院ではありふれた症例が飛び込むことは滅多になくなっていたから、こうしたマイナーな手術例も研修項目として必須と課す「外科認定医」の資格を得るために、修練士達は最低一年、地方の第一線病院に出張せざるを得なかった。

「で、要するに君は、そういう地方の病院でオールラウンドに患者を引き受ける医者になりたい、だから武者修行に出る、という訳かね？」

「はい」

当麻は毅然として言い放った。

「そうか……」

羽島は気勢をそがれたように顎《あご》をしごいた。

「精々、一年で駄目か？」

当麻は一瞬耳を疑ったように羽島を見直した。

「いや、一年ならな、出張扱いに出来なくもないと思ってな」

「ハァ……」

「二年は、いくらなんでもちょっと長過ぎる。そういう前例を認めると、医局の規律が乱れる恐れがあるからな。何とか一年以内におさえられないか？」

当麻の顔にありありと困惑の色が浮かんだ。羽島は畳みかけた。

「思い立ったが吉日という奴か知らんが、どうも君は少しばかり血気に逸《はや》り過ぎている。しかし、もう乗りかけた船をとめる訳にはいかんようだから、取り敢えずは船出するがいいだろう。そして、最初の寄港地、ま、つまり、癌研だが、そこにしばらく通いながら、来し方行く末にじっくり思いを馳せることだな。そこからまた次の港に向かうか、引き返すか、そのへんは流動的にしといたらどうかね？　もう絶対引き返さない、否、引き返せない、などと気負わずにな」

「はい」

いくらか険《けわ》しかった先刻までの表情が一変して、羽島の面ざしが柔和になった。

「先生のご温情、身にしみてありがたく承りました」

「ウム。君の生き方は、時代の流れに逆行しているようにも思えるが、しかし、考えようによっては、君のような人間もいないと、日本の医療は底上げされんかも知れんな」

羽島は最後の逡巡《しゅんじゅん》を断ち切ったかのように相好を崩し、やおらその大きな手を差し出した。

噂

卒業した修練士たちのその後の消息は、大学に残った連中やスタッフの間で折に触れ話題にのぼった。

彼らの関心を最も惹いたのは、早々に開業した仲間達のことで、中でも、三、四人の卒業生が、土地の提供者として地元の地主を共同経営者に引き入れて百床規模の病院を建てたらしい、との情報は、多少のやっかみが混じった好奇心を大いにあおった。地元の医師会ともめているらしいとか、早くも仲間割れを生じ、さっさと個人開業に走った奴もいるらしいとか、さては、オペをミスって医療訴訟になりかけているらしい、等々、あらぬ噂がもっともらしく取り沙汰された。

当麻鉄彦の話題は、それよりははるかに控え目に、時折、誰の口からともなく持ち出された。

「癌研《がんけん》には間違いなく行ってるようだ」

「あそこには〝見学者名簿〟てのがあってさ、全国アチコチからの見学者が名前を書き入れているらしいんだが、当麻の名前が断トツ目立ったそうだぜ」

だが、半年もすると、こうした風聞も、ほんのたまにボソッと誰かの口にのぼる程度になった。それはたまたまどこかの学会であいつを見かけたとか、癌研の見学者ノートに最近は当麻の名は見当たらないとか、東京にはもういないらしいぜ、といったまことしやかなものだった。

その実当麻は、まだ東京にいた。

国立がんセンターの手術室を頻繁に往来する彼の姿は、やがてセンター内で好奇の目で見られるようになった。

手術室での当麻は、単にざっと手術を見ているだけでなく、大きな大学ノートを携えてしきりにスケッチやメモに専念していた。

夏が過ぎ、秋も終わり、東京では雪を見ないままその年も明けた。

数百枚の年賀状が束になって羽島の許《もと》に舞い込んだ。それをめくり始めて間もなく、羽島の目は一枚の葉書に吸いつけられた。

差し出し人の住所は「熊本県阿蘇郡小国《おぐに》町北里《きたざと》」になっている。

(人並みに、正月は郷里で過ごしちょるか?)

羽島は思わず微笑を漏らし、それから万年筆の添え書きに見入った。

「癌研に半年、その後、国立がんセンターで主に肝臓と胸部外科のオペを見学しています」

(何だ、まだ東京におるんだ!)

羽島は返事を認《したた》めるために筆をとった。

「賀状、懐かしく拝見。武者修行の成果を期しつつ春を待つ。約束通り、一年は待つ」

正月が明けると、羽島はもう当麻の賀状のことも、認めた返事のことも忘れた。思い出したのは、新たに卒業が迫っている修練士六回生に、実技試験で膵頭十二指腸切除《PD》のオペレーターをさせた時だった。

六回生修練士にPDをやらせることは滅多にない。通常は胃の全摘術を滞りなくこなせば合格である。PDをあてがうのはよほど優秀な修練士に限られ、これまでは当麻鉄彦にさせたくらいだ。

腹膜を電メスで開き、腹腔《ふっくう》があらわになった時、オペレーターは「アッ！」と息を呑んだ。相当量の新鮮な血液が胃や腸を覆っていたからである。

「アレっ！　経皮経肝胆道ドレナージ《PTCD》の時の出血でしょうか？」

執刀医が慌てて吸引管を手に取るのを、

「馬鹿もんっ！　古い血じゃないっ！　今出たばっかしの血だっ！」

と羽島はすかさず怒鳴った。

「大網《ネッツ》に切り込んだんだ。ＰＴＣＤをやってるんだから、ネッツと腹膜に癒着があることくらい当然予測できただろ！」

「あ、はい……」

修練士はすっかり萎縮し、指先がかすかにふるえ始めた。

「駄目だ！　出直しだっ！」

羽島は荒々しく吸引管を取り上げて泥状の血液を吸い上げ、ネッツを引き上げた。その一部がふくれ上がって大きな血豆のようになっている。

「見ろっ！　ここだっ！」

羽島が指を突き立てた。

「はい、済みません」

若い医者はうなだれてますます身を縮めた。早くも額に汗がにじみ出ている。

「執刀はお預けだ。代われ」

修練士はしゅんとしてマスクの下で唇をかみながら持ち場を離れた。羽島が入れ代わった。

（そうだ！　当麻鉄彦、一年前あいつにPDをやらせたが、ものの見事にやってのけたっけ！）

去って行った愛弟子の手の動き、鋏《クーパー》や直角剝離子《ライトアングル》の扱いの巧みさに思わず見とれた日のことを思い出した。

（前立ちをやらせても、あいつは〝あうん〟の呼吸でついて来たが、まったく、こいつと来た日にゃ！）

「顔を上げて首筋を立てろっ！　俺に頭突きを食らわせる気かっ！」

前屈みになり勝ちな相手の頭が自分の顎《あご》を突き上げんばかりに近付く。羽島が一番不快とする姿勢だった。

（その点、当麻は、背筋も首筋もシャンと伸びていた。まったく、見てて気持ちがよかったよ）

ネッツの処理にかかりながら羽島はひとしきりブツクサと胸の中で独白を繰り返した。

三月に入ると、新たな修練士志願者の採用試験、卒業式、春の学会シーズン等で、医局中がてんやわんやの忙しさに振り回され、月日は瞬《また》く間に流れ去った。一段落ついたのは五月になってからだった。

卒業と同時に医局を出て行った修練士達の噂がまたチラホラと囁《ささや》かれるようになった。東京近郊で早々に開業した連中のことが一番の話題だった。

「どうもうまくいってないらしい。四人の内半分は降りたみたいだぜ」

地元の地主を巻き込んで五人の共同経営で始めた病院の雲行きが早くも怪しいと取り沙汰された。

そうした門下生の不祥事を耳にした時の羽島はすこぶる機嫌が悪かった。

「練士の面汚しもいいとこだっ！　そういう奴らは二度とこのセンターの門はくぐらせん。お前ら、連中に会ったら、羽島がそう言っていたと伝えておけ」

一方、当麻鉄彦の噂は久しく聞かれなくなっていた。春にどこかの学会で見かけた、というのが最後の情報で、以後は、バッタリ消息が途絶えた。

「郷里にでも帰ったんじゃないでしょうか？　下宿は出払っていました」

修練士の同期で当麻と比較的親交のあった男が、ある日、ポツリと言った。

「いや、郷里に帰っているはずはない」

羽島が切り返すように言った。

「あいつは、二年間は武者修行に出ると言った」

タイムリミットの一年が過ぎたことに、この時羽島は今さらのごとく思い至った。

（結局は、帰って来なかったか……！）

当麻が去って二年目の夏が過ぎ、秋の学会シーズンも終わると、冬が駆け足でめぐってきた。

（またひとつ年を取るか）

五十の半ばを過ぎてから、めっきり憂鬱《ゆううつ》になってきた新しい年明けを数日後に控えたある日、見慣れぬクリスマスカードが届いて羽島を驚かせた。

「ピッツバーグ……!?」

ペンシルバニア州のかつての「鉄の町」、近年に於いては臓器移植の世界的メッカとして名高い町のアドレスに、羽島は瞠目《どうもく》した。

（まさか、あいつが……!?）

しかし、その筆跡にはしかと見覚えがあった。

「肝移植を学ぶべく、ピッツバーグに来ています。T・E・スターツル教授に押しかけ女房よろしく、弟子入りしました。

ドッグズラボでビーグル犬をモデルに肝移植のシミュレーションに明け暮れる日々です。

実際の肝移植は深夜に始まることが多く、夜を徹しての手術も珍しくありません。まさに体力との闘いです。先生も、くれぐれもご自愛ください。

当麻鉄彦」


(肝移植だと……!)

羽島は大きなため息をついてカードを見すえた。

(野《や》に下ると明言した男が、何故肝移植などを!?)

日本でも肝移植はようやくホットな話題になりつつある。だが、時に肝切除を手がける羽島も、移植には食指が動かなかった。発会したばかりの「肝移植研究会」にも名を連ねていない。そのへんはもう次の世代の連中の仕事と割り切っていたから、門下生の中でももっぱら肝臓外科に携っている連中が肝移植に目の色を変えつつあるのは黙認していた。

消化器病センターばかりではない。元来、本家本元で、後発のセンターに人気を取られて内心面白くないものを覚えていた関東医科大附属病院の外科スタッフの中にも、時代の先端を走る肝移植に外科医としての未来と栄達の野望を賭けている連中がいた。(奴《やっこ》さんも、目先の華かさに心奪われ、眠っていた野心を呼び醒《さ》まされたか?)手の届かない海の向こうへ行ってしまった愛弟子の顔を思い浮かべながら、羽島はひとしきりため息をついた。

ピッツバーグ

四歳のイタリア系移民の男児がベッドに横たわっている。痩せ細った四肢とは不相応に、上腹部が岩のようにゴツゴツと盛り上がっている。いや、何かに突き上げられている、といった方が正確な表現であろう。盛り上がった腹には蛇行した静脈がるいると浮き出ている。

ピッツバーグの冬は寒く、外では粉雪が舞っていたが、ここプレスビテリアン・ホスピタルは暖房が効いて暖かい。

小児が横たわっているのは、廊下伝いに隣接するチルドレンズ・ホスピタルの第一手術室で、そこは暖房もさることながら、今まさに始まろうとしている一大手術を前に緊張感がみなぎり、ムンムンたる熱気がこもっていた。

小児の頭側には麻酔医が三人立ち、額を寄せ合っている。体格の良い四十半ばの中国人がチーフで中央に立ち、両サイドに、若い、これも東洋人と、もう一人は金髪をポニーテールにした白人女性が付いている。

小児の足許から少し離れた部屋の片隅には、カメラを手にした大柄な西洋人が二人、しきりにヒソヒソと囁《ささや》き合っている。手術用のアンダーシャツをまとっているが、その胸もとにつけたワッペンで見学者と知れる。

そこへ今しも、同じスタイルの人物が姿を見せた。帽子、マスクをまとっているが、その面立《おもだ》ちで東洋人と知れた。上背は二人の西洋人にさして劣らないが、彼らと並び立つといかにもスリムに見える。年格好も二人よりはるかに若い。

「どこから来ましたか？」

東洋人が会釈すると、西洋人の一人が愛想よく応じて話しかけた。

「日本からです」

「ああ、ヤマナカの……？　食道癌《がん》で有名な……」

「ええ、彼は我々日本人の誇る外科医です。ちなみに、皆さんは？」

「アルゼンチンから来ました」

さすがにピッツバーグは国際的だった。地球上のあらゆる国々から、スタッフまたはフェローシップを志願してくる者が後を絶たず、一見客《いちげん》のような見学者もまた引きも切らない。

ここでは、心臓や肺の移植もボツボツ手がけていたが、世界に冠たる実績を誇っているのは何と言っても肝臓移植で、総帥トーマス・E・スターツルは、東洋流に言えばもう還暦にさしかかっていたが、尚カクシャクとして陣頭指揮に当たっていた。もっとも、ひと頃の超人的な執刀振りはさすがに鳴りをひそめ、自《みずか》ら執刀する機会は週に一度あるかなしかだった。

入口の方に何人もの人の気配がした。手洗いを終えた術者達が入って来たのだ。

ラテン系の深い眼窩《がんか》と浅黒い肌をしたスリムな男が小児の右側、つまり執刀者の位置についた。若いがかなり太った、こちらはアングロサクソン系の顔立ちの男が小児を挟んで対側、つまり第一助手の位置に立った。もう一人、これはアラブ系を思わせる男と、縁なし眼鏡をかけた東洋系の男が前二者の横にそれぞれ立った。四人は年格好から推《お》して、いずれも二十代後半から精々三十代半ばと思われた。

「何だ、執刀医はスターツル教授じゃないぜ」

見学のアルゼンチン人の一人が同僚に囁いた。失望の色が浮かんでいる。真夜中ならいざ知らず、白昼のオペだからスターツルが現れるものと思い込んでいたようだ。いや、それのみではない、この幼児の腹部のただならぬ様を見るにつけ、これはなまやさしいものではない。スターツルでなければ手に負えぬシロモノではないか、と思ったのだ。

執刀医は、コスタリカの出身で、名はエスキバル、発展途上国の出ながら若手のホープの一人と目されていた。三十六歳で、外科医となって十年、スターツルの傘下に入って丸五年を経ていた。

彼は最初から電メスで腹壁に切り込んだ。

肝臓には大人の親指くらいの太さの門脈という血管が入り込んでいる。「すべての道はローマに通じる」のたとえのように、胃、小腸、大腸、脾臓《ひぞう》など消化器の血液はすべてこの門脈に集まってくる。

これが巨大な腫瘍《しゅよう》で押しひしがれているため血流障害を起こし、血液が肝臓を通過しにくくなっている。そのため逃げ場を求めて生じた迂回路が回り回って腹壁にまで這い上がってきているのだ。通常のメスで切り込めば、たちまちこれらの静脈を損傷して不愉快な出血に見舞われる。電メスでもいきなり切り込めば出血を免《まぬが》れないが、止血ピンで一本一本丹念にこれを捉《とら》えながら凝固していけば、出血の度に結紮《けっさつ》しているよりははるかに能率的である。

だが、この患者の場合はなまなかなものではなかった。皮下に細かく網の目のようにもぐり込んでいる静脈もあり、止血は難渋を極めた。

エスキバルの目に、ものの半時もせぬうちに焦りと苛立ちの色が浮かび始めた。眼窩が深いだけ、わずかな目のかげりも濃く映った。

腹腔《ふっくう》が開かれるまでに、既に相当量の出血を見た。盛り上がって岩のようにゴツゴツした肝臓——と言うより、それはもうほとんどすべて腫瘤《しゅりゅう》にとって代わっていた——が現れた時、そのグロテスクな外観に一同は思わず息を呑んだ。

患児の体には既に一度メスが入っている。二歳の時、肝臓の右葉《うよう》に生じた腫瘤の摘出を受けた。病理診断は「ハマルトーマ」というもので、それ自体は悪性ではないとされた。ところが、良性で後くされなくえぐり取られたものならば再発するはずはなかったが、どこからかまた芽を吹き出し、恐ろしい勢いで増殖し、アレヨアレヨという間に肝臓を占拠、宿主の生命を脅《おびや》かすに至ったのである。

正常な部分も多少は残っていたが、そこだけを残して腫瘤を取り去ることはもはや絶対的に不可能であり、唯一残された道は肝臓をそっくり取り代える移植しかないと宣告された。一人っ子であり、両親は藁《わら》にも縋《すが》る思いでスターツルを頼った。

確かに肝移植しか講ずる手立てはないが、勝算は四〇パーセントである、とスターツルは告げた。たとえ一パーセントでも望みがあればと、両親は二つ返事で手術承諾書にサインをした。

ひとたびメスが入った生体の内部では、必ず修復過程での癒着が起こっていて、これが再手術時のネックとなる。

肝臓を取り巻くのは、上は横隔膜《おうかくまく》、下は胃、十二指腸《じゅうにしちょう》、さては大腸の一部である横行《おうこう》結腸《けっちょう》とあるが、果たせるかな、これらがすべて肝臓にガッチリ癒着し、腹壁を這ってい たものとは別の迂回路である血管がその間にもぐり込んでいる。

エスキバルは電メスのまま、まず肝臓と胃の癒着を剝《は》がしにかかったが、肝臓の剝離面からもジワジワと血がにじみ出てなまなかなものではなかった。エスキバルの手は、少し切り込んでは止まり、またため息と共に切り込んでは止まる。

(肝臓側に切り込み過ぎだ！　これはとてもじゃないが彼の手に負えるシロモノじゃない！)

背後からじっと術野《じゅつや》をのぞき込んでいた東洋人は、ここまで見届けたところでこうマスクの下で独白を吐いた。

手術が始まって二時間が経過した。出血量は早くも三〇〇〇ccに達している。

患児のヴァイタルサイン（生命の反応）が乱れてきた。脈拍が頻回、微弱となり、血圧がややに下降してきている。麻酔医達の表情が険《けわ》しさを増し、術野をのぞき込む目が落ち着かなくなった。

三時間後に、ようやく肝下面と胃、大腸間の癒着の剝離が終わったが、出血量は七〇〇ccに増していた。

“Dangerous…!”（危険だ）

麻酔医の間にこんな言葉が囁かれ始めた。

事実、ヴァイタルサインはさらに悪化し、先刻までの頻脈は一転して徐脈に変わり、動脈圧はマキシマムで五〇に落ち込んでいた。

過剰輸血の副作用が出始めた。腹腔の至るところからサラサラした薄い血がにじみ出し、尿までが赤く血の色を帯びてきた。しかも、尿量が極端に減少している。

“Dangerous!”

今やハッキリした声で、チーフの麻酔医がエスキバルに警告を発した。

額に汗をにじませて出血と闘っていたエスキバルは、ハッと我に返ったように麻酔医へ振り向いた。

「輸血の入りが思うようにいきません」

輸血ルートである末梢《まっしょう》の血管が虚脱していることを麻酔医はエスキバルに告げた。

「V《ヴェノ》―V《ヴェノ》シャントを作ってもらった方が……」

V―Vシャントは、太ももの静脈にカテーテルを挿入、これを腋《わき》の下の静脈につないで下肢の血液を心臓へ誘導してやるものである。

第三と第四助手が動いた。術者と第一助手は手術を進めなければならぬ。

「プロフェッサー・スターツルを！　それにドナー肝を！」

エスキバルが口ごもってかすれた声で傍《かたわ》らのナースに言った。

ナースは内線用の電話に走った。

アルゼンチンの医者がたがいに見合ってから、一人が東洋人に囁きかけた。

「いよいよスターツル教授のおでましのようですよ」

「ええ、このケースは、彼にはちょっと無理だと思います」

東洋人は、頷《うなず》いてそっとエスキバルを指さした。こちらは「いかにも」とばかり頷いて、東洋人の言葉を同僚に伝えた。相棒は東洋人を見ながら二度三度とこれまた大きく首肯した。

ほどなく、入口に足音が響いた。術衣をまとった三人の医師がなだれ込んできた。一人が何やら箱のようなものを提げている。

一同は部屋の片隅に固まるように身を寄せると、そこにしつらえてあったテーブルをグルリと取り囲んだ。

箱とおぼしきはアイスボックスで、そこに氷づけにされていたのは、先刻対岸のロスアンジェルスで摘出してきたばかりの新鮮な肝臓であった。提供者《ドナー》は首吊り自殺を図《はか》って脳死に陥った十五歳の少年である。

アイスボックスからドナー肝を取り出すと、医師達はテーブルのグリーンのクロスの上に肝臓を置いてトリミング（余分なものを切り捨てて形を整えること）にとりかかった。間髪《かんはつ》を入れず、再び入口に人の気配がしたかと思うと、辺《あた》りを払う殺気のようなものが手術室にみなぎった。

人々の視線が一斉にそちらへ流れた。アルゼンチンの医師がすかさずカメラを構えた。西洋人としては中肉中背、帽子とマスクの間からのぞく目は青く澄んでいるが炯々《けいけい》として鋭かった。ブルーのアンダーシャツからのぞいた首筋や腕にはさすがに老齢を窺《うかが》わせるシミや皺が見られるが、背筋はシャンと立ち、動きは機敏で若々しかった。

険を帯びたエスキバルの眉根の辺りに、ホッと安堵の色が広がった。近付いたスターツルに場を譲るように彼は後退《あとずさ》った。術野と、次いでモニターに一瞥《いちべつ》をくれたスターツルは、V―Vシャントにおおわらわになっている二人の手許に視線を移した。

大腿静脈《だいたいじようみやく》へのカニュレーションは終わっているが、腋窩静脈《えきかじようみやく》の見定めに一人が手間取っている。

「シャントを早く！　手伝ってやれっ！」

スターツルが第一助手を促《うなが》した。それから不意に背後を振り返り、三人の見学者をねめ回した。アルゼンチンの二人の見学者は、鷹を思わせるその鋭い目に射すくめられたかのように身を縮めた。

スターツルの視線は、ひるまず自分を見返した東洋人の顔に落ち着いてとまった。

「君、手洗いをしてオペに加わり給《たま》え！」

「私が……ですか!?」

さすがに驚きの色が青年の大きな目に走った。

「そう、君も、外科医だろう？」

スターツルは念を押すように人差し指を東洋人の顔に突き立て、さっさと部屋を出た。我に返って、東洋人も後を追った。アルゼンチンの見学者が、肩をすくめて互いを見やった。

手洗い場に並ぶと、スターツルが鏡をのぞき込んだまま言った。

「君の顔はチョクチョク見かけるが、名前は何て言ったかな？」

「トーマ、テツヒコ・トーマです」

「ああ……確か、手紙をもらったね」

「はい、ご返事は頂けませんでしたが、押しかけてきました」

「そうか……」

スターツルは記憶を呼びさまそうとでもするかのように宙に目をすえた。

「ここへはいつ来たのかね？」

「三カ月前、です」

「と、いうことは……ずっとドッグズラボにいるんだな？」

「はい。合間を縫ってオペも見させて頂いてますが……」

「君は、メスを執って何年になる？」

「あ……八年目です」

「フム」

スターツルはくぐもった声を返して頷いた。

「あのオペレーターは限界だ。私が代わるが、君は第一助手につけ」

「あ、はい……」

新たな緊張に身をすくめた時、スターツルは逸早《いちはや》く手洗いを終えて踵《きびす》を返していた。

「非常に危険な状態です」

スターツルが、深い息をつきながら背後の椅子にへたり込んだエスキバルに代わってオペレーターの位置についた時、麻酔団のチーフが訴えるように言った。

「血圧がまったく上がりません」

「いかん、シャントを早く！」

腹の下の操作に回った第一助手を急《せ》きたてるように声をかけてから、

「ドナー肝は？」

と、部屋の一隅に陣取ったグループにスターツルは問いかけた。

「スタンバイ、オーケーです」

グループの一人が立ち上がって答えた。

「よし、行くぞ」

スターツルの手が肝臓にのびた。

「横隔膜を、よーく見せてくれ」

「はい」

前に立った当麻《とうま》鉄彦と、スターツルの隣の東洋人が左右から腹壁を引き上げた。

展開された横隔膜と、そこへドーム状にのしかかっている巨大な肝臓との間に両の人差し指をグイとさし入れ、スターツルはそのまま一気にこれを左右へ引いた。

肝臓が、たちまち横隔膜から引きはがされた。剝離面のアチコチから血がにじみ出たが、スターツルは委細構わず次の操作に移っていた。露《あら》わになった横隔膜の底部を探り、肝臓の裏からそこを貫通するように伸びている下大静脈《かだいじょうみゃく》をすくい上げると指でしごくようにして後腹膜《こうふくまく》から遊離した。当麻がすかさず血管鉗子《かんし》を二本パシッ、パシッとかけた。スターツルはその間をスパンと鋏《クーパー》で切断した。

患児の肝臓は、これで取り除かれることになった。

ドナー肝が運びこまれた。

患児の脈は、風前の灯《ともしび》といった按配でもうほとんど止まりかけており、麻酔団はすっかり浮き足立っている。

「私は下大静脈《ヴェナカバ》をやる。君は門脈《ポータル》をやってくれ」

横隔膜に大きく矢継ぎ早に集束結紮をかけて止血を図りながら、スターツルは当麻に言った。

「はい」

当麻は腹腔におさめられたドナー肝の下面を探り、患児の門脈とドナー肝のそれとの断端を引き寄せた。

手持ち無沙汰になったドナー肝のグループとアルゼンチン医師が人垣を作るように手術台を取り囲んだ。

虚脱した腋窩静脈がようやく探り当てられて大腿静脈とのバイパスがつながったが、血流は弱々しく期待を裏切った。

スターツルと当麻は競い合うように大血管の吻合《ふんごう》にかかり、ほとんど同時にこれを為《し》遂《と》げたが、その時、

「ア、心停止《アレスト》です！」

と麻酔医の一人が絶望的に叫んだ。

いまひとつ肝動脈の吻合が残っていたが、もはやそれにとりかかっているゆとりはなかった。

「オープンハートマッサージをします」

当麻がスターツルの目を見すえて言った。

当麻の手が、たった今スターツルが吻合を終えたばかりの下大静脈の上に伸びた。そこには、つい今し方まで拍動を伝えていた心臓が潜んでいるはずだった。当麻のクーパーが横隔膜に突きさきり、これを一気に切り裂いた。

血の気《け》を失い、小さく縮まった心臓が奥にのぞいた。当麻は切り開いた横隔膜に手を

さし入れて心臓を鷲掴《わしづか》んだ。

フラットになっていたモニターの軌線が、当麻の手の動きにつれて棘状《きょくじょう》にピッピッとはね上がった。だが、それは単に手の刺激を伝えただけのもので、心臓の拍動を示すものではない。

「カウンターショックを！」

スターツルが叫ぶように言った。

術中の心停止は、ここにいるスタッフは一度や二度は経験している。大方は心マッサージだけで蘇生して手術を再開し得ている。

しかし、この小児に限っては、望み薄であった。致命傷は、とにかく大量の出血である。成人の場合は一万ccに達する出血もまれではなく、時には一〇万ccに及ぶこともあったが、わずか四歳の小児で一万ccの出血は、そのいたいけな小宇宙のホメオスターシスを完全に狂わせていた。全身にチアノーゼが現れ、ただでさえ青白い小児の肌にまだらな紫色の斑紋が生じている。

カウンターショックを交えながら当麻は心マッサージを三十分続けた。麻酔団はありとあらゆる蘇生薬を試みた。だが、心臓は一度も蘇《よみがえ》らなかった。

最初の十分間でもう勝負はついていた。この間に心臓から血液が一度も駆出されなければ、脳への血流も断たれ、よしんば遅れ馳せながら心臓が動き出したとしても、もはや脳の機能は戻らず、それこそドナーさながら、いわゆる脳死状態に陥って〝生きた屍《しかばね》〟と化す。

「ミスター・トーマ、もういいだろう」

スターツルが匙を投げるように言い放ったのは、だからもう遅過ぎたくらいであった。誰の顔にも諦めの表情がありありとしている。

エスキバルがよろよろと立ち上がって、手術台から離れたスターツルにとって代わった。腹壁を閉じる最後の処置のためである。

スターツルは肩を落として部屋を出た。アルゼンチンの医師があわてて後を追った。そして一人が、まるでマスコミのインタビュアのようにスターツルに話しかけた。

「プロフェッサー・スターツル、この手術はてっきりあなたが執刀されると思ってましたのに……」

「ウム……」

話しかけた男の方には振り向かず、やや背を丸めたまま呻《うめ》くように吐いて、スターツルは二度三度と頷いた。

当麻鉄彦は僥倖《ぎょうこう》を得た。この時を機して、ビーグル犬の肝移植の実験に明け暮れていたドッグズラボの生活から抜け出し、人間の肝移植チームの一員に組み入れられたのだ。

肝移植

トーマス・E・スターツルが初めて肝移植を手がけたのは一九六〇年代の初めだった。当時、彼はデンバーにいた。

時を同じくし、肝移植こそ近い将来エポックメイキングな手術になると信じてこれに手を染め出した外科医は他に何人かいた。

手術の対象は、当初は主に小児で、先天性胆道閉鎖症《CBA》という病気だった。この奇型《アノマリー》は一千件の分娩に一例の割で発生するとされる。肝臓の重要な働きのひとつに、脂肪の消化吸収を助けるための胆汁《たんじゅう》の生成がある。肝臓で生成された胆汁は、輸送路である総胆《そうたん》管《かん》を経て十二指腸《じゅうにしちょう》に注がれるのだが、この総胆管が肝臓の出口で詰まっているため胆汁が肝臓内に停留し、やがて早々に黄疸《おうだん》を生じてくるのでそれと知れる。

この宿命的な先天性疾患に対して、当時の外科医達が試みた苦肉の策は、肝臓の一部を切除して少しでも疎通している肝内胆管《かんないたんかん》と小腸を吻合《ふんごう》するか、肝門部、つまり肝臓の入口を探って、そこに痕跡程度でも名残りを留めている総肝管《そうかんかん》を探り出し、それに吊り上げた小腸を吻合する方法であった。

前者はロングマイアーという外科医が、後者は日本の葛西《かさい》東北大教授が考案した。

これによって少なからぬ幼児が急場を凌《しの》ぎ一命をとりとめたが、吻合部がまた縮まって胆汁が流れなくなり再手術、さらに再々手術を繰り返すこともしばしばで、やがて、胆汁の鬱滞《うったい》は慢性的となり、ジワジワと肝障害が進み、早晩肝硬変《かんこうへん》に陥って敢えなく夭《よう》折《せつ》の運命をたどるのがお決まりのコースだった。二十歳まで生き長らえるCBA患児は稀有《けう》であった。

生まれながらに壊れているものをいくら修復しても徒労で、やたらに傷を深めるばかりである、駄目なものは駄目と早々に見切りをつけて真新しいものに取り代えた方がスッキリする、という発想は、欧米人の合理的なものの考え方にいかにもマッチしていた。

しかし、その試みは〝バベルの塔〟を築いて神の神秘に迫ろうとする瀆神《とくしん》の行為なのかも知れなかった。たて続けに失敗し、まだしもロングマイアー法による方が良かったと後悔しきりとなった外科医達は、次々と断念して行った。

だが、ひとりスターツルだけは諦めなかった。技術的な問題は克服できる。理論的にも間違ってないはずだ。にも拘《かか》わらずうまくいかない理由は二つある。一つは、ドナー肝が死体からしか得られないから血液が途絶えて壊死《えし》が始まりかけた肝臓を使わざるを得ないこと。二つ目は、他人の臓器を〝異物〟と感知してこれを弾き出そうとする「拒絶反応」である。

前者は、一九六八年に脳死が個体死として公《おおやけ》に認められ解決した。残るは後者で、これさえ抑え込めば成功は得られるはずだった。

「免疫抑制剤」に関して言えば、副腎皮質ホルモンがその一つであることは疑い様がなかった。しかし、これ単独では重篤な「拒絶反応」には抗し切れない。「免疫抑制剤」の組み合わせと用量いかんに関わっている、そう確信したスターツルは、プレドニンにアザチオプリンという抗生剤を組み合わせた。

そして一九六八年、三年余のブランク後、三度目の正直が実現した。CBAの幼児の肝移植を、遂に世界で初めて成功させたのである。医学史に、輝かしい一頁が刻まれた瞬間であった。

しかしプレドニンとアザチオプリンの組み合わせによる免疫抑制力は、軽い拒絶反応には充分に対処できたが、重篤なものには効かず、肝移植の成功率は四人に一人と低迷を極めていた。そこへ事態を一変させる発見があった。一九七〇年、ノルウェーのハルダンゲル高原の土中から採取された真菌が、特殊な抗生物質を産生することがわかった。

これは当初、水虫の薬としてスイスのサンド社という製薬会社で開発されたが、その免疫抑制力に目をつけたのが、英国のケンブリッジ大学外科のカーン教授であった。「シクロスポリン」と名付けられたハルダンゲル高原産の新しい抗生剤とプレドニンを組み合わせてみると、拒絶反応の発症は著しく抑制され、移植肝の生着率は八十パーセントにまで上昇したのだ。

かくして、CBAのみか、肝移植の対象は大きく広がった。肝臓の血液の出口である肝静脈が先天的に閉塞《へいそく》している「バッド・キアリ症候群」、先天的に胆汁の導管である総胆管が硬くすぼんでしまっている「胆管硬化症」、生まれながら銅の代謝にあずかる肝臓内の酵素が欠乏しているため肝臓や他の臓器に銅がどんどん沈着する「ウィルソン病」等々。これらはいずれも早晩不可逆的な「肝硬変症《かんこうへんしょう》」に移行し夭折の運命にあったが、肝臓を取り代えるという画期的な方法で救われる見込みが立ったのである。

対象はさらに、後天的な肝硬変にまで広がった。

肝硬変は、それと診断されてから五年生存する確率が、キッパリ酒を断って食生活にも細心の注意を払って六十パーセント、相変わらず気ままな生活に堕《だ》していれば四十パーセント、つまり、ほぼ半分は五年以内に死亡する勘定で、癌と似たり寄ったりの恐ろしい疾病に相違なかった。

その死因は大きく二つに分けられた。一つは、正常の肝組織がことごとくつぶれて肝機能が廃絶し、肝不全、さては腎不全《じんふぜん》を続発して死に至るケースである。いま一つは、肝臓が硬くなってしまうため、肝臓へ流れ込む血流が逆流を起こして食道壁に静脈瘤《じょうみゃくりゅう》を形成、これが破裂して大吐血から失血死を招くものである。

肝不全は不可抗力としても、食道静脈瘤破裂は何とか未然に防ぎたいと、洋の東西を問わず様々な試みがなされてきた。

欧米では、ロシアの一軍医エックの、犬の実験に基づく一世紀以前の論文にヒントを得た〝シャント術〟が行われてきた。これは、肝臓に流入する血液が逆流して食道静脈瘤が続発するのだから、血流を他に迂回させてやれば防げるはず、との考えに根ざしたもので、最も簡単な手技は、近接する下大静脈《かだいじょうみゃく》に門脈をつないで迂回させてやる方法だった。

しかし、創案者の名にちなんで〝エック瘻《ろう》〟と称されたこの方法は、大きな欠点を有していた。この手術を受けた患者は確かに食道静脈瘤破裂による頓死からは多く免《まぬが》れたが、時々意識が朦朧《もうろう》として夢遊病者のようになるという奇妙な現象を併発した。

理由はすぐに解明された。普通、人体にとって有害なアンモニアなどの物質は肝臓の持つ解毒作用で無害な物質に代謝されるのだが、〝エック瘻〟を作った患者は、血液の多くが肝臓を経由しないために、アンモニアなどの毒素がそのまま心臓から脳へと移行してこれを侵すのである。

この〝エック瘻症候群〟は、欧米では〝背に腹は代えられぬ〟としてさほど深刻に取り上げられなかったが、日本では批判にさらされた。

太い門脈と下大静脈間のシャントでは血流が大き過ぎたのだろう。もっと小さく細いシャントにすれば〝エック瘻症候群〟は防げるのではないかと、門脈の手前の脾静脈《ひじようみやく》を腎静脈につなぐ試みもなされたが、大同小異《だいどうしようい》の感は免れなかった。このために、主流は、既に生じてしまっていつ破裂するやも知れぬ食道静脈瘤そのものをつぶす〝直達術〟へと移行して行った。

いずれにせよ、十年、二十年もの延命は期すべくもなかった。言うまでもなく、元凶は〝硬変〟に陥った肝臓にあり、結局はこの〝肝硬変〟の寿命に尽きるのだった。肝移植グループが最適のターゲットとして肝硬変に目をつけたのは、その意味で至極頷《うなず》けることであった。

デンバーからピッツバーグに移ったスターツルは、さらに精力的に肝移植を推し進め、そのレパートリーを広げて行った。彼の名声はつとに高まり、地球上のあらゆる国々から見学者が訪れ、弟子入りを所望する有為《ゆうい》の医学徒も後を絶たなかった。スターツルは来る者は拒まなかったが、無条件にスタッフに採用する訳ではなく、ビーグル犬による動物実験室――通称ドッグズラボ――での手際や勤勉さをぬかりなくチェックし、その情報をもとにスタッフを選んだ。だが、時には、見学者を抜き打ち的に指名してオペにつかせ、その即興的なパフォーマンスから人材を発掘するという柔軟性も持ちあわせていた。

ドッグズラボでも異彩を放っていた当麻鉄彦が移植チームのスタッフに登用されるのは時間の問題であったが、術中死を遂げたイタリア系移民の四歳児の手術時に、思いがけなくスターツルの目にとまったことでこの時期が早まった。

以来、彼は移植チームの一員として不眠不休の研鑽《けんさん》に励んだ。それはまさに、知力よりも体力の勝負だった。

第一に、移植は大抵深夜に始まり、徹夜の作業となる。その理由は、ドナー肝を得るのに昼間の時間を取られるからである。時には飛行機を乗り継いで対岸のロスアンジェルスやサンフランシスコにまで取りに行く。摘出自体にはさほど時間は要しなかったが、往復路に五、六時間、時には半日かかることも稀《まれ》でなかった。

このドナー肝のチームに配属されると、それこそ夜を日に継いでのスケジュールに追われる。

たとえば、午後一時の便でピッツバーグを出る。往路三時間で目的地に着いたとする。ドナー肝の摘出に二時間かかる。これをアイスボックスに詰めて戻るのに四時間余、どんなにスムースに事が進んでもざっと十時間はかかる。それからレシピエントのオペに付き合う。要領のよい連中はドナー肝のトリミングを終えたところで自分の仕事は終わりと割り切ってさっさとエスケープしたが、当麻はレシピエントのオペが終わるのを見届けるまでこれに付き合い、メモを取った。病院の近くの安宿に戻るのは、太陽も既に高く昇った翌日の昼頃で、ドナー肝の摘出に発《た》ってから丸一日が過ぎていた。

アパートのベッドに身を投げ出すと、たちまち死んだように眠りこける。だが、それもほんの三、四時間で、午後にはドッグズラボのノルマや、ほとんど一日一件はある次の移植の下準備が待っていた。

食事をまともに三度三度摂《と》ることは稀で、精々二度がいいところだった。幸いプレスビテリアン・ホスピタルのカフェテリアは夜中の数時間を除いてオープンしていたから、時間さえ許せば食事には随時ありつけた。

こうしたハードなノルマに順応できず、心身のバランスを崩してドロップアウトしていくフェローシップも少なからずいたし、肝移植の現場の思いも寄らないすさまじさに恐れをなし、早々に姿を消して行く者もいた。まさに、強靭な体力と精神力、それに、外科医としてのセンスに恵まれた者だけが生き残れる世界だった。

総帥スターツルは、六十歳を過ぎた今でこそ、執刀することは月に数回あるかなしかだったが、つい数年前までは、十時間、否、時に十五時間から二十時間かかっても他にメスを託すことなく執刀し続けた。

惜別

ピッツバーグにも秋が訪れた。

そんなある日、一人の東洋人がスターツルの部屋を訪れた。

「やあ、トーマ、調子はどうかね？」

ソファで医学雑誌に目を通していたスターツルは、愛想よく弟子を迎えた。

「はい、元気にしております」

かなり流暢《りゅうちょう》な英語で返すと、東洋人は勧められるままスターツルの目の前のソファに腰を落とした。

秘書がすかさずコーヒーを運んできた。

「何年前だったか……」

　とスターツルは、相対した客の背後の壁の一点を指した。そこにはいくつもの写真が掲げられている。

「チェン……。そう、陳肇隆《チエン・チャオロン》。台湾から来た男だったが、ここでの研鑽《けんさん》の成果を着実に実らせている」

　スターツルは手にしていた雑誌を差し出して見せた。

「既に何年も前、確かウィルソン病の若い女の子の肝移植を成功させたが、その後も一度。これはだから三例か四例目だと思うが……」

「えっ？　もうそんなに……ですか？」

　当麻は、差し出されたものを手許に引き寄せた。

「台湾で、いや、東洋で肝移植を成功させているのは彼だけだ」

「長庚紀念医院《チャングーン・メモリアル・ホスピタル》？　大学病院じゃなく、一般病院なんですね？」

「ああ。もっとも、台湾大学よりビッグなプライヴィット・ホスピタルらしいがね」

　当麻は再び振り返って、先刻スターツルが指さした写真を見すえた。

　顔も目も鼻も丸いが、瘦身で、上背は自分と同じかやや上回っているかと思われる東洋人がスターツルと肩を並べている。

「確かに彼は秀でた男だった。それにしても、ここにいたのはわずか半年そこそこ、一介のフェローシップだったから、第一助手まではさせたが、執刀したことは一度もないはずだ」

「先生方の技術を見事に盗み取ったんですね」

「ウム」

「台湾では、脳死は死とパブリックに是認されたんでしょうか？」

「彼がやってのけているところをみると、どうやらそうらしいな。日本は大きく立ち遅れたね」

「この論文、コピーを取らせて頂けますか？」

「ああ、勿論《もちろん》」

スターツルが目配せするより先に、秘書が立ってきて当麻の手から雑誌を受け取った。

「さてと、ところで肝心の君の用件は何だったけな？」

「あ、はい……」

当麻は我に返ってスターツルの視線を受けとめた。

「実は、九月一杯でお暇《いとま》を頂こうと思いまして……」

スターツルは目を瞬《しばたた》いた。

「日本に、帰るのかね？」

「はい、当初半年のつもりでしたが、居心地がよいので、いつしか十カ月にも及びました」

「とんでもない！」

スターツルは語気を強め、首を左右に振った。

「十カ月どころか、君はもうここのスタッフとして留《とど》まってくれるものと思っていたが……」

「お言葉は嬉しいですし、先生の下で研鑽を積ませて頂きたい思いもヤマヤマですが……」

「帰ってどうするんだね？　母校にでも戻るのかね？」

「いえ、母校には戻りません。地方の第一線の病院で働きたいと思っています」

スターツルは大仰《おおぎょう》に両腕を広げた。

「君の考えが分からんね。じゃ一体何のために肝移植を学びに来たんだい？」

「田舎の病院でも、肝移植の対象となる患者は少なからずいると思います」

「しかし、移植は一人や二人の外科医では出来ん。それなりのマンパワーと設備が必要だよ」

「それは充分承知しております」

「だったら、悪いことは言わん。もう二、三年ここにいたまえ。ウン？　ひょっとして、経済的な問題かな？」

「ええ、それも、無きにしもあらずです。貯金もそろそろ底をついてきましたし……」

「いやあ、それは気がつかなくて悪かった。しかし、君がここへ残ってくれるなら、助手として採用し、生活できるだけの保証は考えるよ」

「ありがとうございます」

「君の才能と医療にかける情熱を見込んでの話だが、もう二、三年と言った根拠は、日本で肝移植の夜明けが訪れるまでに、少なくともまだそれくらいの年月はかかりそうだと思われるからだ。つまり、今帰っても、せっかくここで学んだことが生かされない、宝の持ち腐れになるだろうということだ」

「パブリックには、そうかも知れません。でも、私は、必要に迫られれば、法がどうであれ、ここで会得《えとく》させて頂いた技術を生かし、肝移植に挑戦するつもりです。かつての先生や、この陳肇隆のように」

秘書から手渡されたばかりのコピーを当麻は手にかざした。

「フム」

スターツルは片手を額にあてがってソファにもたれ込んだ。

「もうひとつ、聞いてください」

相手の上体が遠退《とおの》いた分、当麻はグイと身を乗り出して畳みかけるように言った。

「ここへ来て先生にお目に掛かり、また、世界各国から集まって来ている同年輩の人達と生活を共にするにつれ、日本を出た時の、と言うより、医者になると心に決めて以来の僕の決意は大きくぐらつきました。と言いますのは、多少語弊があるかも知れませんが、そもそもは軽い気持ちでここへ伺ったのです。ピッツバーグに来る前一年有余、僕は日本のアチコチの大学や病院に、それまで関東医大では手がけられなかった分野のオーソリティを訪ね、数カ月単位でそこに留まって手術を見学させてもらい、その技術を盗み取らせてもらいました。

　ここに伺ったのも、そうした武者修行の延長線上のことで、いわば総仕上げのつもりでした。何故と言って、たとえば食道静脈瘤《しょくどうじょうみゃくりゅう》のオペにしても、シャント術、直達術等、様々に工夫は試みられていても、所詮は対症療法に過ぎず、根治的なものではあり得ない、と感じていたところへ、名古屋ででしたか、先生の講演を拝聴し、隔世の感に捉《とら》われたのです。食道静脈瘤を合併した肝硬変《かんこうへん》に対する数百例の肝移植のレポートでした」

「確か、去年の春、だったかな？」

「はい。それともうひとつ、カルチャーショックとも言うべき衝撃を受けたのは、私には痛恨の思い出しかない劇症肝炎に対しても、先生が積極的に肝移植を行い、これまた対症療法に堕《だ》している日本の絶望的なそれよりは、はるかに勝《すぐ》れた成績を挙げておられることでした。私はそのデータが信じられなかったので、現実に、目《ま》のあたりにその実態を見てみたい衝動を禁じ得なかったのです」

「なるほど。で、君の従来の決心がぐらついた、というのはどういうことかね？」

「ここが、とても居心地がよくなったからです」

スターツルは白い歯を見せた。

「先生がリベラルで大様《おおよう》な方だからでしょう。尚かつ、臨床と学問に対する厳しさをゆるがせにしておられないからだと思います。ここは自由で、活気とエネルギーに溢れ、気分が高揚します。ここにいると、世界の中心にいるような気がします」

スターツルの目から微笑が消えた。

「そこまでここを気に入ってくれていながら、何故日本に帰る？」

「私なりの使命感にのっとって、と申し上げたらいいでしょうか」

「使命感？」

「ええ。先生は肝移植に生涯を捧げる使命を与えられた方だと思いますが、私のそれは、移植医になることではなく、故国の、もっと底辺での医療に従事することにあると思うのです」

「そのへんが、どうも私には理解出来ないんだよ、ミスター・トーマ」

スターツルはやおら身を起こし、射すくめるように相手を見た。

「君は自分の才能をもっと信じなければいけない。そして、それを最大限に発揮できる場はどこかを、よーく考えないとね。何故なら、私の見るところ、君は紛れもなく選ばれた人間なんだ。外科医としてのたぐい稀《まれ》な才能を与えられている。それを、日本の片隅で埋もれさせてはならない。何故、世界に羽ばたこうとしないんだね？」

スターツルの一言一句は当麻の胸に響いた。岩を打ち砕く波のように、これまでしっかと守って来た牙城が今にも崩れて行きそうだった。

「身を二つに裂きたい思いです」

当麻は呻《うめ》くように言った。

「そうしたら、一つはここに置き、一つは日本に持って行けるでしょうから」

「ウム……」

スターツルも呻くように吐いた。

自分を慕い集《つど》ってくる有為《ゆうい》の人材は数知れない。しかし、そのすべてがスターツルの目に適《かな》う人間ばかりではなかった。肝移植はまさに体力と気力との闘いであり、これに従事する者は眠る時間を切りつめ、昼夜逆転の生活に明け暮れる。ドナー肝を摘出に赴く飛行機の中や、不定期の食事を摂《と》るカフェテリアで、束の間、座ったまま仮眠を取れる人間でないと務まらない。人は普通、たとえばバスや電車の車内で、たとえ吊革に身を支えても一点にじっと十時間も身を持してはおられない。脚は鬱血《うっけつ》し、やり場のない気だるさをもたらす。喉は渇き、一方で尿意も催してくる。拷問の中でも最も残酷な「逆さ吊り」には比すべくもないが、重力にあらがって一日二十時間も立ち尽くすことは人間の生理の限界を超えている。

だが、六十歳のスターツルは、時に二十時間ぶっ通しで手術台の前に立ち尽くすことがある。若いスタッフ達は言うまでもない。それが出来るのは、一事に全神経を集中し、余念がないからである。

しかし、そうは言っても人間には限界がある。一つの移植に、最もスムースに捗《はかど》っても半日は要する。これに携った外科医達が翌日も手術に入ることは不可能である。外科医の仕事は単に手術のみに留まらない。肝移植の術後は、細心入念なフォローを要した。大量の輸血に伴う播種性血管内凝固症候群《DIC》その他の合併症、とりわけ手術の労苦一切を水泡に帰しかねない「拒絶反応」や、サイトメガロウイルス等による重篤な感染症を逸《いち》早《はや》くキャッチしなければならない。

　この時期、肝移植は日に最低一件、時に二件、三件と行われていた。集中治療室《ICU》には常時十人前後の患者がひしめいており、マンパワーは数知れず必要であった。それも、でくの坊ではどう仕様もない。才能、情熱、体力、三拍子揃《そろ》った有為の士こそ求められていた。

　当麻鉄彦は、それらをすべて兼ね備えた、移植医に相応しい人物とスターツルの目には映っていたのである。

「それで、日本に帰って、君はどこへ行くつもりなんだね？」

「昔お世話になった先生が地方に病院を持っておられます。まず、そこを訪ねてみようと思っています」

「プライヴィット・ホスピタルだね？」

「はい」

「ベッド数は？」

「二百、程度でしょうか？」

「その人は、外科医なのかね？」

「いえ、内科で、循環器専門です。研修医時代に、心電図など、色々教えて頂きました」

「その病院は、日本の、どのあたりにあるのかな？」

「先生は、琵琶湖をご存知ですか？　日本で最大の湖ですが……」

「ああ、京都で国際学会があった時、一度案内してもらったことがあるよ。車でひとめぐりしたが、半日がかりだった覚えがある」

「ええ。病院は、その、北西の地にあります。京都からですと、車で一時間強かかりますが、今は電車も通るようになって便利になりました」

（声が弾んでいる。目も希望に満ちている。相当に思い入れがありそうだ）

相手を見すえながら、スターツルは人知れずこんな独白を漏らした。

（もはやこの男の意志を覆《くつがえ》すことは出来まい。手放すのは何としても惜しいが……）

「分かったよ」

ややあって、彼はようやくかぶりをおろし、目と口もとに微笑をみせた。

「君の決意は動かないようだ。故国での健闘を祈るとしよう」

スターツルは立ち上がり、手を差しのべた。誘われるように当麻も腰を上げた。

「申し訳ありません。いつの日か、ご恩返しをさせて頂きます」

当麻はスターツルの大きな手を握りしめた。

「時々便りをくれ給《たま》え」

「はい、勿論《もちろん》です」

「これは昔、デンバーからピッツバーグに至る時に、先輩が餞別《せんべつ》にくれたものだ。古いもので悪いが……」

握手を解くと、スターツルはやにわに左の手首の腕時計をはずし、当麻の左手を捉えてそこにスルスルッとこれを通した。

ロレックスだった。

アッとばかり驚いて目を上げた当麻に、スターツルは微笑を返した。

「何かの時は、生活の足しにするといい。一時凌《しの》ぎは出来るよ」

当麻は声を詰まらせた。そんな弟子の肩を、スターツルは二つ三つ叩いた。

後任人事

湖西の秋は駆け足で訪れていた。

琵琶湖の色は太陽の高さとその光の強弱の加減で、日に幾度も彩りを変えた。

島田光治《こうじ》が父親から引き継いだ甦生《こうせい》記念病院は、湖岸を巡る国道から少し奥まった所にあったが、五階建ての屋上からは、この広大な海とも見紛う湖や田園地帯、点在する家々を一望に見渡せた。

病院は地の利を得ていた。周囲に競合する病院規模の医療機関はなく、島田の病院が文字通り湖西地方の要《かなめ》であった。もっとも、大津、京都に連なる湖西線が開通して以来、そちらへ流れて行く患者も多少はあったが、前院長も結構住民の信望厚く、島田光治も見立ての良い医者との評判をとっていたから、病院はいつも患者で賑わっていた。

診療科目は内科、外科、整形外科、小児科、脳神経外科で、脳神経外科は、つい数年前開設したばかりである。

内科は島田の他に、副院長の小谷《こたに》と中堅の医者丸橋がいた。島田と小谷は西日本大出身だが、丸橋は近江大の出である。

外科には医長の武村と、医療ジャーナル誌に出した求人広告を見て二年前に応募してきた北陸医大卒後五年目の矢野文男《ふみお》、それに、一年前に近江大の医学部外科教授卜部大造《うらべたいぞう》にかけ合って派遣してもらった卒業して間もない青木隆三《りゅうぞう》の三名がいた。

他の科は皆一人医長で、ややマンパワー不足をかこっていた。整形の赤岩と脳神経外科の田巻は近江大医学部附属病院の助手を務めていたが、大学病院での出世は望みなしと見切りをつけてここへ来た。腕は並で、難しい手術は大学から助っ人を頼んでいたが、術後管理がしんどいと思われるものはさっさと大学病院に送り込んでいた。島田はそれを不服とし、できる限りこちらでと望んだが、反面、手に余る患者を引きとめて後々こじれても困るという思いから、絶対にそうしろと強要は出来ないでいた。

だが、それよりも何よりもここ一、二カ月頭を悩ましていたのは外科の問題だった。医長の武村が突如やめると言い出したからである。四十五歳でまだ働き盛りだったが、もうメスは捨てる、この近くで手頃な土地が見つかったから開業する、と言う。

島田は、少なからず苦り切った。ベッドは持たないから手術はもうしない、手術患者が出れば送ります、ということだからさほど影響はないとしても、ただでさえ多くはない外科系の患者が武村の方に多少とも流れることは避け得ないだろう。それと、瘦せても枯れても年齢に不足はないチーフが抜けて若い矢野と青木二人では手術それ自体が心《こころ》許《もと》ない。早急に、少なくとも武村以上の技量を持った外科医を見つけねばならぬ。

島田は西日本大の石丸教授に後任医長の派遣を要請すべく母校に赴いたが、人事異動は毎年春でそれまではどうにもならない、四月に改めて出直してくれとの回答に終わった。

やむなく島田は、青木を派遣してくれた近江大の医学部附属病院に卜部大造を訪ねたのだった。

卜部は、短躯《たんく》だが肥満型で押し出しはいい。しかし、頭は禿《は》げ上がり、丸い鼻にはアルコール常用者特有の〝酒皶《しゅさ》〟が浮き出て風采はもうひとつ上がらない。母校の県立南紀医科大で五十近くになっても万年助教授、サッパリうだつが上がらなかったが、十年ほど前、近江大に医学部が創設された時点で運よく外科の教授選に応募し、選任された。学問上の業績にさして見るべきものはなかったし、手術にも格別長《た》けている訳ではないが、一旦トップに昇りつめるや、それまでの不遇の鬱憤《うっぷん》を一気に晴らそうとでもするかのように、着々と巣作りを始めた。手前の才覚が及ばぬ分、時代の先端を先取る斬新な医療を手がけている気鋭の人材を集めることに心を砕いた。たとえば、進行肝癌《がん》に対して、癌の栄養動脈を塞栓《そくせん》物質で詰めて血行を断ち癌の壊死《えし》を図《はか》る動脈塞栓術《TAE》で肝切除にヒケを取らぬ成績をあげていた母校の講師を引き抜いて助教授に抜擢したし、その下で、これはもっぱら微小肝癌に対するエコー下エタノール注入療法《PEIT》でかなりの成績を挙げていた助手を引き抜いて講師とした。

卜部自身は肝切除も手がけないことはなかったが、恐る恐るだった。大汗かきで、七、八時間の手術は相当こたえる。一日も早く自分に代わって肝切《かんせつ》をそつなくこなしてくれる人材が欲しいと念じていた。

東海がんセンターに実川剛《さねかわごう》という切れ者がいるという噂が、つとに卜部の耳に入ってくるようになった。国立東名大出で、まだ四十そこそこだが、日本でようやくホットな話題となりかけていた肝移植に逸早《いちはや》く目をつけ、イギリスのケンブリッジに留学、そのノウハウを学んで来ているという。

名古屋で日本癌治療学会が開かれた時、卜部は初めて演壇に立った実川を見た。短い頭髪は年齢不相応に大方白かったが、精悍《せいかん》な面構えは若々しく、背筋もピンと伸びて、見るからに自信がみなぎっている。

(なるほど、こいつは逸材だ！)

と直感した。

助教授のポストが空きかけていた。塞栓術で一家を成していた助教授が、母校の県立南紀医科大の教授選に立候補し、他の二候補を斥《しりぞ》けて当選、近々異動が発令される手筈《てはず》になっていた。

通例なら、講師三人の中の一人が昇格の栄に浴するのだが、卜部の目にはどんぐりの背比べに見えた。人情的には母校から引き抜いた男を登用したかったが、彼がネームバリューをかけていたPEITは、その頃ではもう全国的にルーチンの手技として敷衍《ふえん》されており、それだけでナンバー2とするにはいささかパンチ力に欠けていた。後の二人は可もなし不可もなしといったところで最初から対象にならなかった。

その点実川剛は、学歴や、留学を含めた経歴、それに実力から推《お》して申し分のない人物と卜部の目には映った。

実川の助教授就任が内定して面白くないのは講師陣である。抜けた助教授のポストには、三人三様の思惑で色気を示していたからである。

最年長で、実川より一歳年上の野本六郎のショックが一番大きかった。彼は関西の私立医科大出だったが、近江大に医学部が新設された時、耳鼻科の教授に抜擢されたのがたまたま女房の叔父であったという伝《つて》を頼み、近江大に転じていた。このパイプは、直接自分の血筋でないだけにそれほど太いものとは思われなかったが、それでも彼はこれを最大限に利用しようと当て込んでいた。

一方卜部は、実川の人事が決まった以上、いわば冷や飯を食わされた格好の講師陣の不満が鬱積《うっせき》することは充分予測していた。もっとも、自分の任期も先が見えており、実川が後を継げば、今度ばかりは三人の中の誰かが助教授に昇進する可能性はある。しかし、野本が近江大に留《とど》まる限り、教授への栄達は望めないだろう。他学のポストの空きを待ち望むしかないが、新設医学部の助教授から他学の教授におさまるには、よほどの僥倖《ぎょうこう》に恵まれるしかない。いや、運に頼らず実力でというなら、これまたよほど華々しい業績を挙げないことにはまず望み薄である。

今一つ残されたチャンスは、目下は一つである外科の世帯が分かれた時である。卜部は消化器専攻であるが、医局員の中には心臓や肺外科に手を染めたがっている連中もいる。混然一体の世帯もいずれは二つ、ひょっとしたら三つに分局するだろう。となれば、教授、助教授のポストもそれに付いてまわり、栄達のチャンスも二倍、三倍に広がる。

卜部は近年の肺癌や心疾患の急増に鑑《かんが》み、この分野の外科も開拓しなければと考えていた。さし当たっては講師陣に一人、胸部外科医を加えたいと物色していた矢先、母校にめぼしい人物を見つけた。長崎一馬《かずま》という男で、目下米国のスタンフォード大学に肺移植の研修に赴いているという。筆頭助手で、戻ればいずれ講師のポストは約束されているだろうが、卜部はこの男を逸早く引き抜こうと考えた。若い連中を二、三人引き連れてきてくれるとありがたい——。

そうなると、講師の陣容がややふくれ上がる。自発的に誰か出て行ってくれればよいが、と思案していたところへ、甦生記念病院から外科のチーフをとの申し入れがあった。

新設医科大の泣き所は有力な関連病院を欠くことである。旧帝大系の大学や、私学でも歴史を誇る老舗《しにせ》的な大学は、あまたの国公立病院や民間の大型病院をジッツとし、卒業者の就職口に難渋することはない。大学に残って講師から助教授、さては教授というエリートコースに乗っかれる人間はそれこそ限られており、大方は早晩大学に見切りをつけて一般病院に糊口《ここう》の資《し》を求める。

近江大の場合は、他の私学同様、学生の多くは開業医の子弟であったから、いずれは家業を継ぐとしても、それまでの研鑽《けんさん》の場として、母校の附属病院は必ずしも適切でなかった。第一に、症例が偏っており、いずれ第一線の病院で遭遇することになるであろう卑近な疾病に欠ける。第二には、若い医者が有象無象《うぞうむぞう》いるから、執刀する機会になかなか恵まれない。それに加えて、給料がベラ棒に安い。それやこれやで、手術症例も豊富、給料もそこそこ出してくれる地方の第一線病院をいかに多くジッツに出来るかが、後発の新設医大のボスにとっては沽券《こけん》にかかわる重大事であった。

ト部自身、週に一日、〝出張日〟と称してある民間病院の外来に出ている。午前三時間、午後二時間の外来で月に四、五十万の実入りとなり、大学の給料とどっこいどっこいの稼ぎになる。無論、助教授以下研修医に至るまで、研修日と銘打ってのアルバイトは週一日を限度として許してある。そのバイト先がいずれジッツとして配下に組み込めればよいとの打算も働いている。

島田光治から外科のチーフをとの要請を受けた時、卜部はほくそ笑んだ。一年前に卒後二年目の青木を送り出したのが効いた、と。青木は当面一年、長くても二年の予定で、いずれ次の若い者と交代させるつもりでいたが、ここでチーフとなる医者を送りこめば甦生記念病院の外科は完全に自分の傘下に入る、との見込みが立った。二百床を擁し、湖西地方の中核的存在である病院は、民間病院とは言えグレードの高いジッツと目され、卜部としては大いに食指が動くところであった。

そこで卜部は強引にこの話をまとめようとし、島田を呼んで野本と対面させ、一気に片《かた》を付けようとした。

野本は外科のチーフという地位と、大学とは比較にならぬ年俸一五〇〇万という給料には魅力を覚えたが、単身赴任か、通うにしても往復三時間近い通勤距離に難色を示した。

一戸建ての宿舎があります、平屋ですが充分に広いですから家族で住めます、と島田は指でチョビ髭《ひげ》を左右になぞりながらアピールしたが、大学近くに居をすえたマンションはローンで購入したもので、おいそれと引き移るわけにはいかない、子供の学校の問題もある、と野本は言葉を濁《にご》した。

「ま、とにかく、一度病院を見て来いよ」

業を煮やした卜部が割って入った。

「鄙《ひな》には似つかわしからぬ、なかなか洒落《しゃれ》た病院だ。土地も広いし、これからまだまだ拡張の余地がある。そのつもりだろ、院長？」

「はい、三百から、行く行くは五百床にまで伸ばしたいと思っております」

「五百ともなりゃウチや成人病センターに勝るとも劣らぬ大病院だ。既に地域にしっかり根をおろしていて、経営も万全のようだし、将来性充分とワシは見ているぞ、え、野本君」

「ハア。ではまあ、一度下見をさせてもらった上で……」

野本はあくまで即答を避け、近々病院を見に行きます、それで気に入れば年明け早々にでも赴任させてもらいますと、そこまで話は進んだ。

島田は野本が退座した後、気にかかっていた点を卜部に打診した。野本の技量、つまりは、どの程度まで手術をこなせるか、と。

卜部はパイプに目を落とし、ゆらゆらと立った煙の向こうで目を瞬《しばた》いた。

「ま、痩せても枯れても講師だからな。それなりのウデはあるが、要は、あんたのとこでどこまでやるかだ。今までの医長はどうだったんかね？」

「胃《マーゲン》の全摘がやっと、というところでした。食道、肝臓、膵臓《すいぞう》はまるで手がつけられなくて……」

「フン、こう言っちゃなんだが、田舎の病院でそこまでやる必要はないんじゃないか。難しいのはウチに回せばいい」

「いや、お言葉を返すようで何ですが、若い連中もいますし、もう少しレパートリーを広げてもらわないと困る、というのが正直な気持ちでした」

「そういう考えだと、院長さん」

卜部は眉根を寄せてスパスパとパイプを吸い、煙を吐き出した。

「ウチから人を出すメリットも余りない、と考えちゃうんですよ。胃まで送れなんて野暮なことは言わんが、食道、肝臓、膵臓なんてのは、本来、大学病院やがんセンターでやるべきシロモノじゃないかね？　来春ウチには東海がんセンターから、もっぱら肝胆膵をやっている実川という逸材が来る。そっちの方はだから、是非ともウチへ送って欲しい。ま、ここだけの話だが、野本も、やりこなせるのは精々胃までだよ」

卜部の言い分にも一理はある。しかし、難しいものは大学へ回せばいい、などと言うのは大学人の傲《おご》りであり、地域の医療者を見下した、本来なら聞き捨てならぬ言い草である。医療の均等化、地域隔差の解消をスローガンに掲げている者に対する侮辱である。

島田は憤懣《ふんまん》やる方ない思いをかみしめながら帰路に就いた。

下見に来ると言った野本からは、一週間経ち、二週間が過ぎても何の音沙汰もなかった。島田の許《もと》に、一通のエアメイルが届いたのは、湖西に秋の気配がたち始めたそんな矢先である。

「Tetuhiko Tōma」のサインに、島田は一瞬目を疑い、眼鏡をズラしてスペルを二度三度と見直した。

遠来の客

「えっ、ここに……!?」

ひとしきり懐古談に花が咲いた後だった。

「ところで、これからの身の振り方は？」

と話題を転じた時、一呼吸置いて帰ってきた遠来の客の返事に、島田は思わず耳を疑った。

「はい、もし外科のスタッフが不足しているようでしたら、是非、お願いします」

当麻《とうま》鉄彦は改まって膝に手を突き、上体を屈した。

「いや、それは、願ってもないことだが……」

島田はチョビ髭《ひげ》の端《はし》を捻《ひね》った。頭がまだ混乱していた。

「しかし、肝移植まで学んで来た人がこんな田舎の病院へ来て、せっかくの研鑽《けんさん》が水の泡になりゃしないのかね？」

「いえ、いつか必ず役立つ日が来ると思っています。都会にも田舎にも、肝移植でなければ救われない患者はいるでしょうから」

「それは、そうだが……」

遅れ馳せながら回転し始めた島田の頭にまたブレーキがかかった。

「まさか、ここで肝移植をやるという訳にもいくまいしねえ……」

当麻の唇に、ゆとりのある微笑が広がった。

「いえ、必要とあらば、ここでも肝移植は出来ると思います。幸いこちらには立派な手術室が二つありますから、やろうと思えば出来ます」

当麻が訪ねて来た時、島田には来客があった。町長の大川松男で、二期目当選の礼に来たのだ。町会議員である島田の次弟の春次《しゅんじ》が一緒だった。

大川が退座するまでの時間を無駄にしては済まないと、島田は、事務長を務めている末弟の三郎に遠来の客を案内して院内をつぶさに見てもらえと指示した。手術室が二つあることを当麻が知っていたのはそのためだろう。

「ウーン」

頭にモヤがたちこめて、まとまりのつかないまま島田は唸《うな》った。

（とてもじゃないがここでおさまり切れる男じゃなさそうだが……）

島田は改めて当麻を見すえた。二十代半ばの初々《ういうい》しく溌剌《はつらつ》たる青年であった若者は、十年の歳月を経て、顎《あご》から鬢《びん》にかけた髭の剃り跡も濃くなり、骨格もひと回り大きくなって逞《たくま》しさを増し、壮年の堂々たる美丈夫に変貌していた。肩を怒らせる訳でもないが、ゆるぎない自信と気迫が伝わってくる。

この青年と付き合ったのは、西日本大の関連病院《ジッツ》である神戸の企業関連病院での二年に満たぬ日々だった。島田が内科の医長を務めて数年を経て、当麻鉄彦は研修医として入ってきた。近くのアパートに下宿住いと聞いたが、月の大半は病院で寝泊まりしていた印象がある。先輩達の当直を片端から引き受けていたようで、夜中に何度か起こされた。心臓病の急患にどう対処したものかご指示をお願いしたい、ということで、主には完全房室ブロック、急性心不全、心筋梗塞《しんきんこうそく》の患者だったから、電話での指示では心許《こころもと》なく、急遽《きゅうきょ》駆けつけた。感心したのは、外科の研修医だったがキチンと正確な診断を下し、一応の処置はぬかりなくやっていたことである。完全房室ブロックで失神発作を起こし運び込まれた患者には深夜も厭《いと》わずペースメーカーを挿入することになったりもしたが、当麻は最後までアシストについた。

しかし、真夜中にコールを受けたのは最初の半年くらいで、以後は、ほとんど起こされなくなった。患者が減ったわけではないし、当麻の当直回数が半減したわけでもない。電話は、島田がそろそろ起きてもいいなと思う朝方にかかるようになった。昨夜これこれの心臓病の患者を入院させました、応急処置で落ち着いていますが、出勤されたら一番に診てください、という事後報告であった。

出勤して病棟に赴くと、間髪《かんはつ》を入れず当麻が駆けつけ、入院時からの経過と処置を簡潔明瞭に申し送った。その診断は正確で、応急処置も申し分なかった。

(何と呑み込みの早い！　医師としてたぐい稀《まれ》なセンスを持った男だ！　外科にはもったいない。内科に欲しい！)

だが、運命は皮肉である。当麻より先に島田が病院をやめることになった。父親が心筋梗塞でたおれたからである。急を聞いて馳せ参じた時、父親はもう虫の息だった。一週間まえから体の不調を訴えていた由、それでも気丈に白衣をつけて病院に出ていたという。

あわただしい葬儀を済ませると、神戸の病院にすぐさま退職届を出し、患者の整理を始めた。一方で、神戸の家を引き払う準備や継承しなければならない甦生《こうせい》記念病院の内容を把握する作業に追われた。

「君のような進取の精神に富む人間にとって、こんな田舎は舞台が小さ過ぎやしないかね？　これから日本の医療のために縦横無尽《じゅうおうむじん》大いに暴れ回ってもらわなきゃならん人だからね」

「いえ、私の使命は、この甦生記念病院のような所にあると思っています。地方の病院で、都会の大病院に伍して譲らぬ医療をやりたい、というのが年来の目標でしたから」

「フム」

先刻来浮かび上がってはかき消えていた二人の人物が再び脳裏に浮かんだ。

「いや、実はね」

島田は改まったふうに背をソファから離した。

「君の申し出は誠にタイムリーで〝渡りに舟〟というところなんだよ。と言うのは、外科のチーフの武村君というのが、開業するからやめたいと言い出してね」

「もったいない話ですね」

「もともとオペは余り好きじゃないらしい。かなりストレスを覚えていたようで、胃の全摘《マーゲン》でもフーフー言っていてね、食道や肝臓になるとまるで手をつけようとしない。送り医者に徹しているから、地元での開業という一点を除けばむしろやめてくれて一向に構わんというところなんだが、生憎《あいにく》下の二人がまだ若いんでね。まずは武村君に代われる人間、それも、少なくとも彼以上にレパートリーの広い外科医が欲しいと思って西日本大にかけ合ったが、来年の春までは人を出せんという。やむなく近江大に当たったところ、講師の一人を送ってもいいと言ってくれた。で、目下、本人からの返事待ちなんだよ」

「そうですか……」

当麻の顔に失望の色が浮かんだが、ややあって、気を取り直したように口を開いた。

「外科医四名では、多過ぎますか？」

「四名？」

念頭になかった発想だった。

「なるほど……四人ねえ」

(それより、近江大を断る、という手もあるか？)

「しかし、ウチだけじゃなく、他も当たっているんだろ？　率直に言ってくれて構わないが……」

「いえ、どこも当たっていません。先生の所が駄目でしたら、改めてどこか田舎の病院内外に遊学して力を蓄えたであろう有為《ゆうい》の外科医が、何故、名利栄達にほど遠い〝田舎〟の病院に固執するのか、島田はまだ解《げ》せないでいた。

「君の故郷は、確か、九州だったね？」

「はい、熊本です」

「ああ、まさに九州男児だな。ご両親はご健在？」

「はい、お陰様で」

「郷里に帰る気は、ないのかな？」

「ええ」

「何故？　ご両親は待っておられるだろうに」

「かも知れません。しかし、私自身は郷里に余りいい思い出はありませんから」

影のさした相手の目を島田は訝《いぶか》り見た。

（何かあるな……）

島田の父親が病院を建てたのは今から二十年前のことである。それより十年前に診療所としてスタート、名称も、「湖西診療所」だった。父親は診たての良い内科医だったから、診療所は早々に患者で溢れ、軌道に乗った。

母親は主婦に留《とど》まり切れず、診療所の受付から経理を担当し、テンテコ舞いの忙しさに追われた。その過労がたたったのか、まだ四十に手が届かなかったある日、突如激しい頭痛に襲われた。近隣に病院はない。救急車を頼み、西日本大病院に運んだ時は意識朦朧《もうろう》たる有様だった。

「クモ膜下出血」で、原因は前大脳動脈瘤《ぜんだいのうどうみやくりゆう》の破裂と診断された。リスクは大きいが緊急手術に踏み切る他ないと言われ、藁《わら》にも縋《すが》る思いで父親は承諾した。

手術は成功した。母親は順調に回復し、何らの後遺症も残さず社会復帰を果たした。

島田は当時大学受験を控えていた。医者を家業とする家の長男として生まれたからには医者となるしかないといった宿命感から医学部を志していたが、母親のこの病を契機に、ハッキリと使命感にとって代わった。

父親は診療所の限界を痛感したようだった。湖西が医療過疎であることも思い知った。幸い先祖代々の土地は診療所の周囲に広がっている。彼は病院建設に着手し、二年後に完成をみた。妻が死から奇跡的に生へ甦《よみがえ》った、それへの感謝とメモリーを深く心に刻んで建てたということで、「甦生記念病院」と名付けた。

身内のこうした経験から島田の父親は、行く行くは脳外科医になれ、とことある毎《ごと》に言うようになった。だが、血を見るのはもうひとつ苦手という父親の性格をそっくり受け継いだ島田は、メスの道は忌避した。血圧のコントロールこそ脳卒中を未然に防ぐ手だてであり、ある意味で外科的手術よりも意義のあることではないか、と考えるに及んだからである。父親も内科医を選んだ息子の言い分を認めた。

急　患

ドアに性急なノックの音が響いて、ベン・ケーシースタイルの小柄な青年が息せき切って飛び込んできた。

「いい所へ来た。こちらはね、昔、神戸の病院で一緒だった当麻《とうま》先生だ」

荒い息遣いを整えようとしている闖入者《ちんにゅうしゃ》に、島田は相好を崩しながら客を紹介した。

当麻は立ち上がって、ひと回り小柄な相手に会釈した。

「どうした？」

と島田が訝《いぶか》った。

「えらく息が弾んでるじゃないか。何か急なことでも？」

「はい、実は今、鬼塚医院から電話がありまして、虫垂炎《アッペ》と思ってあけたら血《ブルート》がどっと出て来た、出血源が分からないまま閉じた、後はそちらでよろしく頼むということで、今その患者を送ったと言うんです」

「フーム」

鬼塚は父の代からの地元の開業医だが、評判は芳《かんば》しくない。アッペの創部から膿《うみ》がジクジク出ているのを一、二カ月も放置していたり、脱腸《ヘルニア》の再発、痔《ヘモ》の術後再発や肛門狭窄《きょうさく》等、何かとトラブルが多い。

「生憎《あいにく》、武村先生が見つからないんですよ。またもし緊急手術を要するということにでもなったらどうしようかと思いまして……あ、来たっ！」

矢野が宙に目をすえた。島田と当麻は誘われるように耳を澄ました。遠くからかすかに、救急車のサイレンの音が近づいてくるのが聞こえる。

チョビ髭《ひげ》を一撫《ひとな》でしてから、島田は当麻に向き直った。

「この界隈で唯一の外科の開業医なんだが、遊び人でねえ。そのくせ、なまくらメスを執るもんだから、とかくトラブルが多くて。で、尻拭いはいつもこっちにおっかぶせてくる……」

「その患者さんは、男ですか？　女ですか？」

島田に呼応してから、当麻は矢野に視線を転じた。

「男性で、五十代、とか言ってました」

「ゆうべ、酔っ払ってどこかをぶつけてるんじゃないかね？」

島田が口を添えた。

救急車のサイレンの音が今やハッキリと三人の耳に捉《とら》えられた。

「でも、ゆうべは鳩尾《みぞおち》が痛かったのが、今朝になって右の下腹の方が痛くなったというんで、典型的なアッペと思って開いたそうです」

「フム」

島田は唸《うな》って、何かコメントを求めるように当麻を見た。矢野も視線を合わせた。

当麻は二人の目に促《うなが》されるように口を開いた。

「確かに、外傷による肝臓か脾臓《ひぞう》の破裂《ラプチャー》は考えられますが、外傷の覚えがないとすれば、年齢的に最も考えられるのが肝臓癌《ヘパトーマ》でしょうね」

「ヘパトーマ……？」

島田と矢野が異口同音《いくどうおん》に驚きの声を放った。

「ええ。ヘパトーマは往々にしてラプチャーを起こしますので」

「畑違いの領域で、私には経験ないが……」

「ボクも、生憎経験がありません」

ピーポピーポの音が耳障りなほど迫ってきた。

「ヘパトーマなら、CTで分かるね？」

島田は当麻の目をのぞき込んだ。

「ええ、勿論《もちろん》。腹腔《ふっくう》内の出血量も分かりますから、取り敢えずはCTでしょうね。エコーでもいいですが……」

「技師がもう帰ってますから、エコーで見てみましょうか？」

サイレンの音が止《や》んだ。救急車が病院の構内に入ったことを示す暗黙の合図である。

「先生、ご一緒に、お願いできますか？」

「ああ、行きましょう」

当麻はすかさず腰を上げた。

「済まんな。でも、君がいてくれてタイムリーだったよ」

自《みず》らも腰を浮かせ、当麻と肩を並べながら島田は言った。

「この近くに、緊急手術の出来る病院はあるんですか？」

「いや、無い。送るとすれば、近江大か、市民病院、あるいは、遠くなるが西日本大、ということになる。車で飛ばして一時間か一時間半の距離だが」

「それはちょっと、大変ですね。今日は土曜日ですし……。私は構いませんから、先生がご了解くださるなら、ここでやらせて頂きますが」

「えっ？　でも、君はこれから郷里へ……」

「いえ、別に今日帰らなければならないということはありませんから」

「そうかね？　それなら助かるが……」

その実島田は、武村が居合わせたら即座に転送を指示したであろうに、武村より十歳も若い壮年の外科医が肝臓破裂のような大物をこなし切れるのかと半信半疑だった。優秀には違いなかったが、外科医としてはまだ駆け出しの研修医に過ぎなかった青年の面影を払拭し切れないでいたのだ。

（あけたがやはり手に負えなかったというんじゃ、ウチの沽券《こけん》にも関わる……）

歩きながら、ハテサテどうしたものかと、島田は逡巡《しゅんじゅん》していた。

「血圧、少し下がっています」

看護婦の報告に、矢野は眉根を曇らせた。

「いくら？」

「上が九〇で下が六〇です」

矢野は患者の結膜《けつまく》をめくり、小首をかしげてから点滴速度を速めた。

「採血しよう。輸血も必要だし……。検査技師を呼んでくれる？　それと、エコーを持ってきてくれないかな」

「あ、はい……」

若い看護婦はいくらかうろたえ気味に救急室内を小走った。

「お腹《なか》、どうです？　痛みますか？」

患者の小太りの腹をムキ出しにすると、やおらそこに手をあてがいながら矢野は患者の顔をのぞき込んだ。

「いえ、痛みはさほど……ただ、やたら腹が張ってるようで……」

(そうか、麻酔がまだ効いてるんだ)

下腹を押さえてもピクリともしない弛緩した下肢を見て矢野はひとりごちた。

「あ、うっ……！」

触診の手を上腹部に移した時、患者が初めて呻《うめ》き声を上げた。妻とおぼしき中年の女性が不安気に患者の顔をのぞき込んでいる。

看護婦がエコーを運んできた。当麻がそれに手をかけると、

「あ、やりますので」

と矢野がすかさずエコーを引き寄せた。

「いやあ、確かに、相当たまってますねえ。骨盤底《ダグラス》にまであります」

矢野がエコーの探触子《プローブ》を万遍なく腹部にめぐらしながら言った。

矢野はプローブを右のあばらの下に移動した。画面の濃淡が変わり、肝臓が描出された。

「あ、あります！　これですね？」

矢野が叫ぶように言って左手でスイッチを操作し、画面をフリーズした。

「S_5（肝臓の区分法でS_1からS_8まで分けられる。S_1からS_4までが左葉《さよう》、S_5からS_8までが右葉《うよう》）、前区域ですね」

画面を見すえ、描出された腫瘤《しゆりゆう》影を指でなぞりながら当麻が言った。

「腹側に突き出て、辺縁が崩れてますね。ブルートが流れ出てるのも見えるはずですが……」

「あ、ホントだ！　ちょろちょろ流れてます」

矢野が興奮気味に叫んだ。

「なるほど！」

島田もひどく感心したように吐いて画面をのぞき込んだ。

「それにしても、かなりのシロモノだねえ」

「六×五センチあります」

スケールを操作して矢野が言った。

「こんなふうにチョロチョロ流れ出てるようじゃ、止まりそうにないねえ？」

島田がズリ上げた眼鏡をおろし、当麻に向き直った。

「S_7かS_8、つまり、横隔膜《おうかくまく》面のものでしたらこれに被覆《デッケン》されて止まることも期待できますが、この場所はフリースペースですからね。自然に止まることは期待できません」

「フム」

島田の目がかげった。

「と、なると……？」

矢野はフリーズを解除してエコーのプローブを左のあばらの下に移している。肝臓の左葉から脾臓《ひぞう》を見ようとしているのだ。

その映像を目で追いながら、当麻が顎《あご》を落とした。

「オペした方がいいと思います」

鶴の一声さながら毅然と言い放たれた一言に、矢野は思わず手をとめて振り返り、島田は絶句したまま当麻の横顔を見すえた。

お手並み

手術室は時ならぬ緊迫感に殺気立った。

一つには、予定外の緊急手術で、患者は腹腔《ふっくう》内に出血が続いており、軽いショック状態が持続、予断を許さぬ状況であること、そして今一つは、この病院で肝臓の手術など前代未聞であり、それを今これから、見知らぬどこかの外科医がやろうとしていること、等によった。

急遽《きゅうきょ》呼び出された青木隆三《りゅうぞう》が麻酔に当たった。看護婦は主任の紺野と若い丘の二人が駆けつけた。

島田もヴァイタルのチェックを引き受けた。

入口に人の気配がし、人の好《よ》さそうな風貌の青年が小さな紙切れを差し出した。

検査技師だった、矢野が駆け寄った。

「Hb《ハーベー》、七・六ですが……血液《ブルート》、五パックで足りますか？」

検査技師が言った。

「ウーン。さっきよりまた一段と下がってるな。どうしましょう？」

矢野が検査伝票を示しながら当麻に向き直った。

「五パックあれば、充分でしょう」

「でも、ひょっとして肝切《かんせつ》になりますね？」

「今日は、肝切は避けて、何とか別の方法でと思ってますが……」

「え、そうなんですか？」

矢野がいくらか拍子抜けしたような顔をした。

「オキシセル綿はありましたか？」

矢野の問いた気《げ》な目は軽くかわして、当麻は器械出しの準備に余念のない丘に問いかけた。

丘は我に返ったように面を上げ、見知らぬ外科医の涼し気な眼差《まなざ》しを、眩《まぶ》し気に見返した。

「あ、いつでも用意できます」

当麻と矢野が手洗いを控えていたのは、麻酔がまだかかっていないためだった。太り気味で首が短い。こういう〝猪首《いくび》〟の持ち主の気管内挿管は声帯を視野に捉《とら》え難いため展開が出来なくて時に難しい。

青木の頬が強張《こわば》り、目が心なしか充血している。

「じゃ、挿管します」

すでに患者の意識はない。筋弛緩剤の効果を見届けて、青木は患者の顔半分を覆ったマスクから酸素をフラッシュで流し込んだ。

青木は患者の顔からマスクを除き、紺野から喉頭鏡を受け取ると、やおら身を屈めて患者の口を左手でこじあけ、喉頭鏡をさし込み、手首を返して患者の顎《あご》を上げた。矢野が気管チューブを差し出した。青木はそれを受け取って喉頭鏡の下に差し入れたが、二度三度と出し入れした。

目が血走ってきている。

「吸引！」

青木の性急な声に紺野があわててサクションチューブを手渡した。青木は気管チューブを口から引き出した。先端に、粘液の混じった血がベットリついている。それを紺野に手渡すと、代わりにサクションチューブをひったくるように摑《つか》み取り、せっかちに口の中に差し入れた。やはり血の混じった粘液がズルズルッと吸い上げられた。青木はまたそれを抜き取って紺野に突き出すと、先刻手渡した気管チューブを奪い返すように取った。

一旦緩徐になったモニターの脈拍数がトットットッと頻回になった。

青木は力まかせに喉頭鏡を持ち上げた。刹那《せつな》、「バキッ」と、鈍い音が鳴った。前歯が一本へし折れて、歯ぐきから血がにじみ出ている。一瞬気後れしたかのように青木の手がとまったが、目は必死に喉の奥を探り見ている。

「声帯見えませんか？」

当麻が半歩にじり寄って患者の喉を押さえた。つられるように島田も歩み寄った。

「ええ、チラチラッと見えるんですが……。あ、そのままでお願いします」

青木は口にさし入れたままためらい勝ちに出し入れしていた気管チューブを一気にグイと押し進め、左手の喉頭鏡を抜いた。

当麻が首をかしげた。喉にあてがっていた手を患者の胸に移してそこを押した。

「入っていない。食道でしょ」

「えっ、そうですか？」

人工呼吸器《レスピレーター》を気管チューブにつなごうとしていた青木の手がとまった。

当麻が突き立った気管チューブを口にくわえ、息を吹き込んだ。

「グーッ」

と放屁のような音が腹の辺りで鳴った。

「食道ですね」

　矢野が眉根を寄せた。青木はすっかりウロたえていた。目が充血している。あわてて
チューブを引き抜くと、再びマスクを患者の顔にあてがった。

「いかん。ちょっとチアノーゼ気味だ。代わりましょう」

　当麻の目の色が変わり、次の瞬間、素早く青木の脇に飛んでいた。

「アメリカではね、ワントライして駄目ならすぐ次の麻酔医へバトンタッチです」

「あ、ハア……」

　青木に入れ代わるや、当麻はマスク諸共患者のやや落ち込んだ顎を左手に捉えてグイ
と持ち上げ、右手のバッグを押して、酸素を鼻から押し込んだ。

　患者の胸がリズミカルに上下し始めた。

「ウン、色がよくなってきた」

　患者の手足の爪を見ながら、島田が強い語気で言った。

「もう一度、サクシンを四〇ミリ、お願いします」

　当麻が紺野に目配せした。

「あ、僕がやるよ」

　矢野は紺野が動きかけたのを制して三方活栓を捻《ひね》った。

患者の体表に広がっていた不気味な紫色は消え、モニターの心拍数も元に戻っている。

「では、行きます」

落ち着き払ってマスクを除くと、当麻は紺野から受け取った喉頭鏡をゆっくり患者の口に差し入れた。

「サクションチューブをお願いします」

当麻は、喉頭鏡を一旦矢野に渡すと、青木のように背を屈めることなく、口中を遠望する姿勢で、手渡されたチューブを素早く操作し、血性の粘液を吸い上げたところで紺野に返した。すかさず、矢野が喉頭鏡をさし出した。当麻は柔らかい手つきで喉頭鏡を少し奥へ滑らせて軽く引き上げ、右手に取った気管チューブをスッと差し入れた。

「あ、入りましたね」

患者の喉もとに軽く指をあてがっていた矢野が頷《うなず》きながら言った。

当麻は気管チューブに息を吹き入れた。小気味よく患者の胸が膨み、一同の顔にホッと安堵の色が浮かんだ。

十分後、当麻のメスが上腹部正中に走った。浅く脂肪層まで切り込むと、後は電メスで一気に筋膜を切断、たちまち腹膜に到った。あたふたと追いかけるように矢野がつまみ上げた腹膜を、当麻の鋏《クーパー》が切り開いた。赤褐色の血液がドッと溢れ出た。当麻が吸引管を差し入れた。ざっと一〇〇ccもの血液が吸い上げられた。

「肝臓癌《ヘパトーマ》で、間違いないですね」

腹膜を開き、開創器で創を押し広げて視野を展開したところで、当麻が自信に満ちた口調で言った。

肝臓の表面から盛り上がったグロテスクな腫瘤《しゅりゅう》がザクロのように口をあけており、その裂け目から間断なく血が流れ出てくる。

「いやあ、しかし、これはかなりのものだね」

足台に立って矢野の背後からのぞき込んでいた島田がひとしきり感心したように言った。

「そう簡単に止まりそうにないですね？」

矢野はそっと当麻を盗み見た。

「奇型《アノマリー》がない限り、右の肝動脈を結紮《けっさつ》すれば止まると思いますが、万が一それで駄目なら、切除に踏み切ります」

当麻の言葉に、新たな緊張がピンと室内にみなぎった。事もなげに口を突いて出たが、どういう手術になるのか、いずれにしても簡単には終わりそうにないな、と誰もが思った。

当麻はパックリと口をあけた腫瘤にさばいたガーゼをそっと何枚か押し込んだ。ガーゼはたちまち朱色に染まり、その端《はし》からポタポタと雫《しずく》のように血が滴《したた》った。だが、それには目もくれず手術を進めた。矢野に胃と十二指腸《じゅうにしちょう》を下方に押しやらせ、肝十二指腸間膜をスルスルッとクーパーで切り開いた。

ミミズのような血管が浮き出た。確かな拍動を示している。肝臓の栄養血管である肝動脈だ。

右手の止血ピンで、当麻は肝動脈の表面を覆っている膜のような組織をつまみ上げ、右手のクーパーでそれを軽く押し切った。

動脈が左右に分岐しているのが見えた。当麻はアレヨアレヨという間に右の肝動脈を直角剝離子《ライトアングル》ですくい上げた。

「アノマリーはないからいけそうです」

誰にともなく言うと、

「ブルドッグ鉗子《かんし》を」

当麻が丘に振り返った。

「あ、はい……」

「これをクランプすれば止まるはずです」

矢野の背後から術野《じゅつや》をのぞき込んでいる島田を見上げて当麻は言った。

「フム……」

島田は半信半疑の目を当麻に返した。

「腫瘤はS5からややS6にかかっていると思われますが、いずれにしても栄養血管《フィーダー》は右の肝動脈ですから……」

島田は小さく頷いたが、半分納得できないという顔だった。

当麻は華奢《きゃしゃ》な長い指で、丘が差し出したブルドッグ鉗子をつまみ取り、ドックドックと拍動する血管にかけた。

「アッ……」

一同は息を呑んだ。ガーゼを潤し、その端から垂れ落ちていた血がピタリと止んだからである。

「おー！」

矢野が歓声を放った。

「お見事！　まるで手品を見ているようだよ」

島田も興奮気味に言った。当麻の目に微笑が広がった。

「取り敢えずこれで急場は凌《しの》げそうですが、二、三週間で側副血行路《コラテラール》が出来てきますからね」

「じゃ、また出血してくるのかな？」

島田が不安気な目で当麻を見すえた。

「出血してくるかどうかは分かりませんが……。ヘパトーマがまた生き返りますから」

「すると、いずれ、取らなきゃならんということかな？」

「そうですね」

島田は腕を抱え込んだ。

「このまま肝切に移行することは、無理なんですか？」

矢野が当麻を見すえた。

「いや、無理じゃないですよ。しかし、一度全身状態を良くしてからやった方が無難でしょう。それに、術後何かあった時、私もすぐには飛んで来られないので……。もっとも、皆さんでフォローして頂けるならやりますが」

「あ、いや、それはちょっと無理、だよね？」

矢野は麻酔の青木に目をやって同意を求めるように言った。

「ええ、無理ですね」

青木がすかさず相槌《あいづち》を打った。

「肝臓のオペの経験は、ないんだものな？」

島田が念を押すように誰にともなく言った。

「ありませーん」

紺野と丘が異口同音《いくどうおん》に返した。これから万が一にも肝切除など厄介なオペを始められたら困る、というムードだった。

「ウム、ま、出血を止めてもらえたんだから、今日はこれでメデタシとしよう」

島田が断を下すように言ったので、紺野と丘が音をたてずに手を叩いた。

「再手術《リオペ》は、改めて当麻先生に来てやってもらうことにして……」

当麻は無言で頷いた。

「ああ、それがいいですね。是非、お願いします」

矢野が快活に言った。青木も頷いて当麻の目を探った。

「じゃ、そういうことで」

当麻は一同をねめ回し、締めくくるように言った。

「結紮《けっさつ》3－0。それと、オキシセル綿をお願いします」

「はい」

丘が晴れやかに答えて機敏に動いた。

つい今し方まで室内にみなぎっていた殺気が嘘のように払われ、心なしか無影灯の光も明るさを増したように思われた。

手術はわずか一時間で終わった。少なくとも四、五時間は掛かるだろうと覚悟していただけに、一同は呆気《あっけ》ないほどの速さに戸惑いさえ覚えた。

かくして当麻は、スタッフ達に強烈な印象を残して手術室を後にした。


「いやあ、天の引き合わせだったたねえ」

ねぎらうように相手のコップにビールを注ぎながら、島田は上機嫌で言った。

「じゃ、再会を祝って」

当麻が手を出すのを制して、島田はさっさと自分のコップにビールをつぎ、それを宙にかざした。当麻は黙礼してコップを持ち上げ、島田のそれに合わせた。

「お陰でひとりの患者が救われた。いや、ありがとう」

「お役に立てて嬉しいです」

当麻はグラス越しに島田を見て一礼した。髪がやや乱れているが、顔には微塵の疲れも見えない。軽く一汗かいた、といった程度のスッキリした表情だった。

「君の〝武者修行〟が、徒《あだ》や疎《おろそ》かでなかったことを思い知らせてもらったよ」

「いえいえ、まだまだです。今日のオペも、本当は一気に肝切へ持って行きたかったのですが、術後に一抹の不安を覚えたので、応急処置に留《とど》めました」

「充分だよ、充分。よもや一発で出血がとまるとは思わなかったものねえ。まさに、目から鱗《うろこ》が落ちた思いだった」

神戸の病院での研修医時代にはなかった島田の鼻の下に蓄《たくわ》えられたチョビ髭《ひげ》に改めて見入りながら、当麻は軽く微笑を返した。

「もっとも」

島田は当麻にビールをついだ。

「心残りなものをそのままにしておいても何だから、オペ室で言った通り、改めて根治術をしてもらうよ」

「それは喜んで」

「無論、やりっ放しじゃ不安だろうから、術後のフォローも君にしてもらう」

「ハッ……？」

訝《いぶか》る当麻を、島田はしたり顔で見返した。

「近江大は、断るよ。早速にも、君に来てもらいたい」

当麻は絶句して島田を見すえた。島田は「そうなんだ、そういうことなんだよ」と言わんばかり、チョビ髭《ひげ》をいじりながら何度も頷いた。

鶴の一声

「な、なんだって？　なかったことにしてくれ？」

卜部《うらべ》大造《たいぞう》は巨体をゆるがし、目をむいて島田をにらみすえた。

「昨日、あんたから電話を受けた時、てっきり人を寄こせという催促だろうと思って野本に打診したばかりだよ」

「ハア……」

島田は背を丸めて相手の視線をおずおずと受けとめた。

「八分どおり気持ちが固まった、年明けにでも行く心づもりでいます、と答えおったんで、今日はあんたに喜んでもらえるものとばかり思っとったんだ」

「そうですか……」

島田は視線を落とし、唇をかんだ。

「白紙に撤回なんてことを言ってきたからには、別口が見つかった、てことだな？」

「ハア。つい先頃、私の後輩で、アメリカのピッツバーグに行っていた男が帰ってきまして、日本で職を得たいと申しまして……」

卜部は鼻を鳴らし、憤懣《ふんまん》をそれに託すようにパイプをせっかちに吸った。

「で、体《てい》よく、渡りに舟と飛びついたのかね？　これまで散々こちとらに頼んでおきながら、いくら何でもそれはないんじゃないか。え、院長さん」

「はい、誠に申し訳なく思っております」

プンと鼻をつくタバコの強い匂いにむせ返りそうになりながら、島田は平身低頭した。

「お願いしてからご返事を頂けなかったものですから、半ば駄目だろうと解釈していたこともありまして……」

「講師と言えばメインスタッフの一人だよ。それを動かすとなりゃあ、他のスタッフの異動も絡んでくる。そうおいそれとは事が運ばないことぐらい察しがつきそうなもんじゃないかね。こっちは今年一杯かけてじっくり説得する心づもりでいたんだ」

(それはちょっと話が違ってやしませんか、卜部教授)

最初に人を頼んだ西日本大が春までは人事をいじれないと言ったから、こちらとしては、来年早々にも人が欲しいいきさつから近江大に打診した。卜部は歓迎ムードで、その線で早速当たってみようと、色よい返事をくれたのだ。それがなしのつぶてで経過報告もないまま一ヵ月以上が過ぎていた。

「お宅がそういう割り切った考え方をするなら、うちとしても考えがある。今いる若いの、青木って言ったかな、奴《やっこ》さんを引き揚げさせるし、今後一切あんたんとこには人をやらんが、それでもいいかね？」

面伏せた島田の眉間に縦皺が寄った。

卜部はしきりにパイプをくゆらし、紫煙の間から探るように見すえてくる。

ざっと一分ちかく、重苦しい沈黙が続いた。

「分かりました」

島田が顔を上げた。

「ウン……？」

「その、講師の先生が来てくださるというなら、喜んでお迎えさせて頂きます」

「と、言うと、あんたの後輩とやらは、断る？」

「いえ、彼はもう近々赴任することに決まりましたので……」

「じゃ、何か、外科は今いる若い二人に、あんたの後輩とやらと野本の四人になる、それでいいというのかね？」

「はい、力量のある人が揃えば患者もおのずからふえるでしょうし……」

卜部はパイプを吹かしてから、二の句を探り出すように口をモグモグさせた。

「大岡裁きお見事と言いたいところだが、そうと決まればひとつ確認しておきたいことがある」

「ハア……」

「その、お宅の後輩とやらは、いくつかね？」

「三十四、五と思います。確か、卒後十年目くらいのはずです」

卜部はほくそ笑んだ。パイプをポンと灰皿にはたくと、やおら背筋を伸ばした。突き出た腹が白衣を押し広げた。

「野本はもう不惑《ふわく》にかかっている。痩せても枯れてもウチではナンバー3の講師だ。チーフとして迎えてもらいたい。ま、年齢的にもそれが順当だろうし……その点は、いいかね？」

「あ、はい……」

「よし、じゃ、本人と引き合わせよう。おーい、久保君」

三十半ばと思われる、髪を肩まで垂らした細身の女が姿を見せた。

「大至急、野本講師を呼んでくれ」

その実、野本六郎が姿を現すまでに優に十分は経過していた。苛立った卜部が秘書にもう一度呼ぶよう指示してからも二、三分は経っている。

あたふたと息せき切って駆け込んできた野本は、島田には一瞥《いちべつ》をくれただけで、やたら卜部に頭を下げた。

「すみません。小うるさい患者の説明《ムンテラ》に時間を取られてまして」

「まあまあ、座り給《たま》え」

野本は慇懃《いんぎん》に頷《うなず》いて卜部に身を寄せた。

ソファに腰を落とすや、野本は脚を組み、背をソファにもたせかけて島田を見すえた。

「青木他外科のスタッフは三人いるが、無論君より若い。チーフとしてお迎えすると言ってくださってる。異存《とも》はなかろう？」

野本はタバコに火を点し、ゆっくりと一服吸って、それからおもむろに島田に向き直った。

「ボスのご命令ですから、宮仕えの身としては何をか言わんやですが……」

年格好はさすがに年齢を思わせて、一見それなりの風格もある。整髪料を塗り込み光沢を放っている頭髪は真ん中で分けられている。白衣の下からのぞく赤っぽいネクタイがひときわ目立つ。

(胡散臭《うさんくさ》い男だ)

島田はあらためてこう感じた。

（遊び人だ。断れるものなら、いっそこの場で断ってしまいたい！）

当麻、矢野、そして青木の顔が次々に浮かんだ。矢野と青木は肝臓癌《ヘパトーマ》の患者の一件だけで既に当麻に心服している。三人のチームなら早晩チームワークが乱れそうな気がする。その尊大な男が割り込んで来た日には早晩チームワークが乱れそうな気がする。

（断り切れないなら、初めから二つに分けてしまった方がいいかも……？）

フッとこんなアイデアが閃《ひらめ》いた。


ヘパトーマの患者は落ち着いている――と島田は矢野から伝え聞いて安堵したが、武村の反応には苦笑を禁じ得なかった。週明けに矢野から事と次第を伝え聞いた武村は顔を強張らせ、早晩また出血してくるだろうから早いうちに然《しか》るべき所へ送った方が賢明だろう、と主張したという。

「いえ、その、緊急手術をやってくださった先生が、こちらに赴任したらすぐにも再手術《リオペ》すると仰《おつしや》ってますから」

と矢野が返すと武村の表情がひきつった。

「近江大に依頼していると聞いてましたが、私の後任は、先生の後輩だそうですね？」

食堂で顔を合わせた時、武村はつっかかるような調子で島田にこう問いただした。

「いや、なに、私が神戸にいた時、研修医として勤めていた男でね」武村の底意を察しながら島田はさり気なく返した。

「ひょっとして、君も知ってるんじゃないかな？　年は君より一回り近く若いが……」

「何て、名前です？」

「当麻鉄彦」

「トーマ？」

武村の顔色が変わった。

「ああ、知ってますよ。顔も、おぼろ気ながら覚えています。確か、医局には一年そこそこしかいなかったように思いますが……」

「だから、早々に神戸へ出たんだよ」

「へェー、そうですか！　彼がねえ」

武村は一瞬遠い目つきになったが、またすぐ改まった面持ちで島田に向き直った。

「じゃ、その伝《つて》で先生がお呼びになったんですか？」

「いや、ところが、そうじゃないんだ。彼は肝移植の勉強にピッツバーグとやらへ行ってたらしいんだが、突然向こうから手紙が来てね、そろそろ日本へ帰ろうと思っている、ついては一度お会いしたいと書いてあって。しかし、まさか、ここへ勤めたいという話とは思わなかったんだが……」

「なるほど。それじゃ肝臓はお手のもののはずだ」

島田は苦笑いした。自分が手に負えないものを、不意の客人が手早く処理した格好の言い訳が見つかった――と、言いたいのだろう。

「それにしても、肝臓にばかり興味のある外科医がこんな田舎で勤まりますかねえ？ いや、そもそも、肝移植まで勉強しに行った者が何故こんな所へって思いますよね？」

「まあ私も当初はそう思ったが、そこまで勉強したってことは、どこへ勤めるにせよ無駄にはならなかったと思うよ。特にこういう第一線の病院には、この前の肝臓癌《ヘパトーマ》の破裂《ラプチャー》じゃないが、何が飛び込むか知れないんだからね」

「それはまあそうですが……そんな症例は十年に一度遭遇するかしないかですからね。肝臓外科を専門に学んできた者にはやはり物足りないでしょう。大学とか、都会の大きな病院で研鑽《けんさん》の成果を生かすべきですよね。西日本大も、脳死肝移植はいざ知らず、石丸さんの後の尾沢さんは生体肝移植《せいたいかんいしょく》を考えているようですから。ひょっとして彼は、この前に尾沢さんあたりに当たってみたんじゃないですか？ それが何らかの理由、ま、これは下種《げす》の勘ぐりですが、彼が西日本大の医局を飛び出してアウトサイダーになっていたことで、彼の望むポストを尾沢さんは用意しなかった、そんなことで、取り敢えずの就職先をここに求めた、てとこじゃないですかね？」

（なるほど、穿《うが》った考え方もあるもんだ）

病院をやめていく人間が後釜のことをアレコレ詮索するそのお節介振りに呆《あき》れながら、一方で武村の勘ぐりに感心もさせられた。

「それで、近江大の方は、お断りになるんですか？」

武村がまたすっと話題を転じた。

（勝手にやめていく人間が、後のことは知ったこっちゃないだろう？）

喉もとまでこみ上げた台詞を、島田はお茶と共にグイと呑み干した。

「断りたかったが、当麻君の話の前に頼んでいた関係もあってね、なかなかそうもいかなかった」

「いやあ、青木君もいるし、他科とのかねあいもありますからね。近江大とはつながっておいた方がいいですよ。手に負えぬ患者さんをまた引き取ってもらうこともあるでしょうから」

（相変わらず自分のレベルでしかモノを言えない男だ。当麻君はどうやら君とはレベルが違うようなんだがね）

これも危うく口を衝《つ》いて出そうな言葉を、島田はまたお茶と共に呑み込んだ。病院を辞めると言っても近在に開業する人間の機嫌を損ねるのは得策ではない。外来患者の幾《いく》許《ばく》かは取られるが、入院を要する患者はこちらへ送ってもらわねばならないからである。

（だが、案外、自分のレパートリーを超えた患者はこちらへ回して寄越さぬかも……）

たとえば、胃癌の患者は送ってくるだろうが、食道癌や肝臓癌、さては膵臓癌《すいぞう》など、自分のレパートリーを超える手術を自分にとって代わった外科医がやってのけることをこの男は快しとしないだろう。人知れず近江大か西日本大へ送り込んでしまうかも知れない——武村を見すえながら、そんな疑惑が島田の胸をよぎっていた。

着　任

二週間後、東京から当麻の荷物が届いた。寝具、本棚、いくつかのカラーボックス、そして後は夥《おびただ》しいダンボールであった。ダンボールの中身は医学書、医学雑誌のたぐいだったが、これらを部屋に運び入れるために手伝いに出た屈強の若い事務員達も、見かけ以上にズシリとしたその手応えに辟易《へきえき》した。

「今度の先生は本の虫みたいだぜ」

「メスよりも本が好きなんじゃないか？」

「いや、年は若いけど、武村先生よりはウンとウデはいいらしいぜ。何せ、肝臓が破れて大出血したのをピタリと止めたそうだから」

女子職員の間では当麻の風姿が噂のタネになった。

「ウデもいいらしいけど、背が高くってハンサムなんですって」

「三十五過ぎだけど、まだ独身なんだってよ」

「だったらもう決まった女《ひと》がいるわよ」

医局秘書江森京子の耳にもこうした取り沙汰は聞こえてきた。当麻の机やロッカーの準備をしながら、期待と不安が胸に行き交った。

京子は短大在学中に軽い肺炎を起こして入院したことがある。自分と同年輩で、白のブラウスに紺のスーツをスキッと着こなして機敏に動いている女性達に目を瞠《みは》った。入退院時のオリエンテーションをこまめにしてくれた。「クラーク」という職務で、所属は「医事課」だと知った。

卒後の就職を思いめぐらしていた京子は、ああこういう仕事もあるのかと隔世の感に捉《とら》われた。自分が患者という立場になったことも手伝って、漠然と考えていた普通のO

Lよりも、たとえばクラークとして病院で働く方がはるかに意義があるように思われた。

医療事務の仕事があることも知った。診療費はすべて定められた点数で弾《はじ》き出される。医者の診療行為がどの項目に当たるかを見定め、それに付された点数を算出する。専門学校があって、一年も通えばある程度基本をマスターできるという。

京子はためらわずその手の学校に学んだ。新卒者ばかりかと思ったら、男女を問わず、かなりの年配者がいるのに驚いた。一方には、高校を出てすぐこの学校へ来たという年少の男女もいた。

その一人に、湖西《こせい》出身の遠藤スミレという、まだどことなく少女の面影を残している丸顔の娘がいた。人懐っこくて、彼女の方から声をかけてきた。そのうち京子を姉のように慕い、学校を出ても一緒の所に勤めたい、自分は郷里に帰って地元の病院に勤めるつもりだが、京子さんも一緒に来ないか、家は田舎で広いから、自分の家に下宿してくれたらいい、と言い出した。

夏の一日、祭があるからと誘われ、京子はスミレに誘われて彼女の実家に行った。学生時代に琵琶湖大橋辺りまでしか足を延ばしたことがなく、淀んだ湖しか知らなかったのが、水底が透けて見える水面にまず目を奪われた。そこでの水との戯《たわむ》れ、素朴な村人に混じっての盆踊り、西瓜《すいか》の味、すべてが新鮮で、気に入った。

モダンな病院のたたずまい、宿舎が点在する広い敷地にも瞠目した。自分がかつて入院した京都の、せせこましい通りの一角に暑苦し気に立っている病院とはおよそ風情を異にして、のびやかでゆとりがあった。高い天井や、病院全体が明るいことにも魅《み》せられた。

若く見えるが、京子はもう二十五になっている。外科の青木がいつしか自分に好意を寄せてくれていて、時々食事に誘ってくる。無下に断れず、一度限り付き合ったが、狭い田舎でデートの場所も限られているから、そういう時に限って病院の人間と出くわした。青木を憎からず思っていたなら、それもさほど苦にならないだろうが、京子にそうした特別な感情はない。自分とさして年の違わぬ、医者としてもまだ頼りない青年を結婚の対象とはみなせなかった。

青木が京子に接近できるようになったのは、京子が医事課職員から医局の秘書に抜擢されたからである。医者が増えてくるにつけ、その勤務や居場所の状況、諸会議の連絡、医者の身辺雑事の世話をする専属のスタッフが求められた。

京子は、レセプト業務は不慣れでベテランの男子職員には及びもつかないが、受付の応対などは無難にこなしたし、患者の受けも実によかった。難を言えば、器量の良さが災いして、折々若い男から電話がかかってくることだった。のみか、中年ないし初老の女性からも打診がある。年頃の息子がいる、ついては、受付にとても感じのよい娘さんを見かけた、まだ未婚なら息子の嫁に是非欲しい、一度会ってみてくれないか、等々。中には息子の写真を同封した手紙を送りつけてくる者もいる。

京子はそうした申し出にはすべて「ノー」と返事をしたが、仲間内からのやっかみもあり、医局へ異動することに同意した。

当麻鉄彦は荷が届いた翌日着任した。一両日を部屋の整理にあてただけで、早々と病院に出た。

島田は挨拶に来てそそくさと踵《きびす》を返そうとする当麻に待ったをかけた。

「ちょっと、折り入って話がある」

相手をソファへ促《うなが》すと、気の重さも手伝って、緩慢な仕草で島田も腰を下ろした。

「実は、近江大の件なんだが……」

当麻は島田を訝《いぶか》り見ている。

「武村君の後任は決まったからもう人を送ってもらう必要はないと断りに赴いたんだがね、間一髪、間に合わなかった。向こうは人を出すつもりでアレコレ段取りしていたと言うんだよね。それで、何とか本人の了解も取れたんで、連絡しようと思っていた矢先だと……」

当麻の目に、かすかに驚きの色が走った。

「過日、その人物にも会った。本人も、確かに来る気でいる。野本という男で、講師をしている。年は、君より五つ六つ上かな」

当麻の目に曇りはなかったが、こちらを見すえる眼差《まなざ》しはより強まったように島田は感じた。

「これまで二度会ったが、正直言って、印象はすこぶる悪い。ウデのほどは分からんが、人間性はどうも、という感じでね……」

この苦しい胸のうちを分かってもらいたいというように、島田は白衣の胸もとに拳《こぶし》をあてがってグルグルと回した。

「もう耳に入っていると思うが、青木君は近江大から来ている。その、野本という講師の人事に異議を申し立てれば、青木君も引き揚げさせる、今後も人を送らんと言われてね、引き下がる他なかった。近江大からは他科の医者も来てもらっているし、卜部さんの機嫌を損ねればそっちにも影響しかねないと思ってね」

「そうですね」

当麻の目が少し柔和になった。それを見届けて島田の眉間が開いた。

「彼に代わる、たとえば矢野君のような部下がもうひとり出来るまではね、我慢のしどころと心得たんだ。悪く思わんで欲しい」

「いえ、とんでもありません。近江大のお話の方が先だったんですし、私は言わば押しかけ女房的に入れて頂いたんですから」

島田は一呼吸ついてテーブルの茶を取り、ひと口、ふた口飲んでから唇を拭《ぬぐ》った。

「……それにつけても、もうひとつ君の了解を求めなきゃならんことがある」

「はい」

当麻は軽く居ずまいを正した。

「実は、これが一番気の重いことなんだが、その野本講師の処遇をどうしようかと思ってね」

「処遇、と言いますと……?」

戸惑っているが目にかげりはない。島田はそれに勇気づけられるように口を開いた。

「彼の力量のほどはまだ未知数なんで、取り敢えずは、これは日本の余り感心できないしきたりだが、言うなれば年の功という奴、つまり、年功序列でいくしかないと思ってるんだが……」

何でこんな持って回った言い方をしなきゃならんのかと、島田は我ながら辟易《へきえき》していた。

「私はそれで別に異存はありませんが……」

「そうかい！」

島田の胸からスーッとつかえが下りた。

「彼が医長で、君が副、ということでいいかね？」

「結構です」

島田の目にホッと安堵の色が浮かんだ。


野本六郎が甦生《こうせい》記念病院を訪れたのは、それから数日経た土曜の午後だった。横に女を乗せていた。二年前、京都のクラブで知り合って以来密会を重ねている。密会の場所は京都のホテルが主だったが、時に学会と口実をつけて遠出することもある。

夏美というこの女には離婚歴があって、子供は夫の方に引き取られたから、彼女は自由を得て夜の仕事に入った。

誘いをかけたのは野本の方で、無論、遊びのつもりである。大学病院の医者で外科医というステータスに惹かれて誘いに乗ってきた。夏美の目算がはずれたのは、医者だからさぞや懐具合もいいものと当て込んだのが、案外そうではないと知れたことだろう。

野本は、さすがに食事やホテル代は惜しまなかったが、アクセサリーや衣類などをねだってもなかなかウンと言わなかった。

「ま、下着ならいくらでも買ってやるよ」

とさり気なく紫煙に紛らす。

「銀座の女は月に五十万が相場らしいけど、あたしはバツイチでもあるし、京都のしがないクラブの女だから、三十万にまけとく。三十万くださるなら、ずっと囲われてあげるわよ」

寝物語で、夏美は露骨にこんな〝商談〟を持ちかけてきたこともある。

「それが無理なら、あたしをずーっとつないでおけるなんて思わないでね。リッチなパトロンが現れたら、そっちへ行っちゃうから」

野本は本気で怒った振りを見せ、女の首をしめにかかった。

「く、苦しい、やめてっ！」

夏美は野本の小指を思い切りかんだ。

「イテテッ！　何をするっ！　このアバズレッ……」

利き腕の小指に裂創《れっそう》が生じ、血がにじんだ。お陰で野本はそれから二週間手洗いが出来ず、オペに入れなかった。

アバズレと蔑《さげす》みながら、野本は結構夏美にいかれていた。夏美に逃げられることを恐れ、彼女の誕生日ともなると、ねだられるまま身を切られる思いで大枚をはたいてドレスやアクセサリーを買い与えた。

(金が要《い》るっ!)

そのためにはもう少し実入りのいい職場を見つけねばと焦り出した頃、甦生記念病院の話が卜部《うらべ》から切り出されたのだった。どうせ出るなら夏美のいる京都近辺の市中病院をと思っていたから、湖西の片田舎と聞いて尻込みした。しかし、よくよく考えてみれば、近江大のように、卒業生を出して間もない新設の私大の医学部に有力な市中病院のジッツなどあろうはずがない。京都の主だった病院はほとんど国立西日本大の配下にあり、外科のチーフのポストもまず例外なく西日本大の出身者で占められている。

野本が逡巡《しゅんじゅん》を断ち切ったのは、空《あ》いた助教授のポストに自分がすべり込めそうにないと悟った時である。卜部の覚えが格別めでたいとは思わなかったが、少なくとも内部にはツバ競り合いをするような人間は見当たらなかったから、いちるの望みは抱いていた。

それが実川剛《さねがわごう》の出現で断たれたと悟って発想の転換を図った。田舎でも仕様がない、少なくとも給料は倍増するだろう、宿舎もあるということだから、夏美をそこへ呼べる。

いや、他の女もだ……。

「アラ、意外に立派な病院じゃない」

フロントガラスに指を突き立てるようにして野本が示した方へ目をやった夏美は、紺碧の空に映える白い建物を見上げて小さな驚きの声を放った。

「そうだな。こんな鄙《ひな》びた田舎町にはちーとばかし似つかわしからざる偉容だな」

野本は満ざらでもないといった顔で頬をゆるめ、それから腕の時計を見やった。

「ジャスト一時間か、思ったほど遠くない。電車も京郡から出てるようだし、週末は時々こっちで過ごそうぜ」

「そうね。そのうち飽きるでしょうけど、当分はよさそうね。でも、あなたに女がいる、てことは、すぐにバレちゃうわよ」

「フン、宿舎がどこにあるかだな。病院から丸見えじゃ、どう仕様もない」

「こんな田舎だからお医者さん達は皆宿舎住いでしょうしね。長屋みたいに連なってんじゃないの？」

「そんなんじゃご免被《こうむ》りたいが……」

病院の構内に入って駐車場に抜けた時、さらにその向こうに広がる空間を顎《あご》で示して野本は言った。

「見ろ、平屋だが庭付きで囲いもしてある。一戸建てで家と家との間隔もある。あれが多分、そうだろう」

「そうならいいけど、ま、精々人目につかないいい所をもらっておいて」

俺はざっと小一時間ばかり院長と話すことになるだろうから、お前は湖畔でもドライブして来てくれ、と、キーを女に託して野本はひとり病院に赴いた。

土曜は半どんだが、外科のチーフとなる医者が病院を見に来るからその接待が終わるまで残って欲しいという事務長からの指令で、京子は医局に留《とど》まっていた。

先に赴任した当麻鉄彦が医長とばかり思い込んでいたが、事務局から回って来たネームプレートに「副医長」と書かれてあるのを見て、新たに医長となる人物が来るのだとわきまえてはいた。

しかし、院長室にお茶を運んでそれらしき人物を一瞥《いちべつ》した瞬間、京子は不吉な予感に襲われた。確かに当麻よりは年長に見えるから医長と言われても頷《うなず》くしかないが、濁《にご》った冷たい目が何とも不気味に感じられた。島田と事務長を前に傲然《ごうぜん》と脚を組み肩をそびやかしている、その尊大な態度も不快に感じた。

（大変だ。外科の雰囲気は前より悪くなりそうだわ）

退座して自分の持ち場に戻りながら、京子の気分は次第に塞《ふさ》いで行った。

島田は三度目の対面だったが、芳《かんば》しくなかったこれまでの印象が思い過ごしであればとのいちるの期待は虚《むな》しく破れ、それを上塗りするだけのものに終わった。

野本は終始勤務条件にこだわった。三郎が年俸を呈示すると、思ったより少ないですな、とすかさず皮肉なうすら笑いを浮かべた。講師はしりぞいたが非常勤講師の肩書はついているから大学に顔を出す義務がある、平日の中日を研修日としてもらいたい、チーフであるから当直業務からははずして欲しい、等々を要求してきた。

宿舎についてもゴリ押しを決め込んだ。単身赴任者はチーフといえども2LDKまでの家に入ってもらっている、家族諸共来られる場合は3LDKか、副院長クラスは4LDKを用意している、と説明したが、近々家族を呼ぶつもりであるから3LDK以上の家を、と主張した。

「武村先生のあとに入ってもらいますか？　目下、他には空いてませんので」

三郎が、困惑した面持ちの島田をなだめるように言った。

「ウム……」

島田は渋々頷いた。

根治術

着任早々、当麻《とうま》が甦生《こうせい》記念病院始まって以来前代未聞の手術をやってのけようとしていた。

当麻の応急手術で一命をとりとめた肝癌破裂の患者前川忠一は、その後落ち着いていて再出血の兆しはまったくなく、食事も流動食から粥食に上がっていた。

回診に赴いた当麻を、前川は破顔一笑して迎えた。

「お陰様で、すっかり元気になりました。そろそろ退院できるんじゃないかと思いますが、どんなものでしょう？」

当麻はベッドサイドの椅子に腰をおろし、カルテを開いた。予《あらかじ》め用意したメモ用紙が現れた。

「そうさせてあげたいんですけれどね」

やおらペンを取ってメモ用紙に目を落とした当麻の指先を、前川は不安な目で見すえた。当麻はサラサラッと肝臓の絵を描いた。

「この前の手術で腫瘍《しゅよう》が後腐れなく死んでくれればいいのですが、敵もさるもの、結紮《けっさつ》して血が通わなくなった動脈とは別の動脈を取り込んで生き返ろうとするんです」

当麻が描き入れた腫瘍や血管の絵を前川は食い入るように見つめた。

「それは、絶対そういうふうになるんですか？」

「ええ、まず百パーセント」

「すると、どういうことに……？」

「また腫瘍が大きくなって、この前のように破れかねません」

前川は頭をかかえ込んだ。

「じゃ、その、新しくできた血管を、この前と同じように縛《しば》るんですか？」

「そのためには、今度は肝臓をほじくっていかなければなりませんし、それを結紮してもまた別のルートが出来てしまいますから、ひと思いにこの腫瘍を丸ごと取り去ってしまう方がいいと思います」

「肝臓を、切るんですか？」

「そうです。ほぼ半分を」

当麻は切除線をメモ用紙の肝臓の絵に描き加えた。

「そんなに取っちゃって、大丈夫なんですか？」

当麻は明るい目を振り向けた。

「大丈夫です。肝臓は人体の臓器で唯一再生する能力を持っていますから、五分の四まで取っても生きられます」

前川は頷《うなず》いたが、二の句がついて出ない。

「前川さんが八十歳でもうよぼよぼのお年寄りなら、敢えて再手術は勧めませんが、まだまだ生きて頂かなければならないお年ですから。思い切って決断なさいませんか？」

前川はうなだれた。十秒も沈黙を続けてから、ようやく顔を上げた。

「二、三日、考える時間を頂けませんか？　できれば、外泊させてもらって、家の者ともよく相談してきたいんですが……」

「いいですよ」

当麻はメモ用紙を相手の膝に置いた。

「それを、家の方にも見せて、説明してあげてください。手術時間は、四時間から五時間かかります。輸血は、多分要らないと思いますが、一応用意しておきます」

前川は弱々しく頷いた。

二日前の昼休みに、当麻は島田に呼ばれた。

「前川忠一という君の患者だが、従兄弟《いとこ》が町議をしとって、それがゆうべワシの家へ来てね。従兄弟が肝臓を半分取らなければ助からないと言われて悩んどるが、甦生病院でそんな大きな手術が出来るのか、大学病院にでも紹介してもらった方がいいんじゃないか、て言ってきた」

当麻が言葉を返す気配がないのを見届けて島田は続けた。

「ま、確かにウチではこれまで肝臓の手術など手がけたことはないが、今度来た当麻先生はアメリカで肝臓移植を学んで来た気鋭の外科医だ、肝臓移植は肝臓をそっくり取り代える大手術だ、半分切って半分残す手術くらい彼にとっては朝飯前だろ、て言い返してやった。ああそうですかと、感心して帰ったが、ひょっとしてひょっと、それでもやはり大学病院へ、などと言ってくるかも知れん。その時は、ま、無理に引き止めず、紹介状を書いてやって欲しいが」

「分かりました。御心配かけて済みません。外泊が長引いているんで、色々迷っているんだなとは推測していましたが……」

だが、前川忠一は翌日の昼時に戻ってきた。総婦長の平松から、患者さんが先生に会いたがっていますとの連絡を受けて病室に赴くと、前川はベッドに正座して深々と頭《こうべ》を垂れた。

「どうでした、皆さんとよく話し合われましたか？」

当麻はざっくばらんに話しかけた。前川は少しはにかんだ笑顔を見せたが、すぐに真顔に変わり、膝に両手をついてヒシと当麻を見すえた。

「そんな大きな手術はどうのこうのと色々言ってくれましたが、私としては、死にかかっていた命を最初に救って頂いた当麻先生にすべてをお任せしたいと、そう腹を決めて帰って参りました。勝手ですが、できるだけ早く手術をお願い致します」

感極まってこみ上げて来るものを押し留《とど》めるかのように前川は唇をかみしめ、また深深と頭を下げた。当麻の胸にも熱いものが流れた。

前川忠一の再手術は二日後に行われた。S_5からS_8までを切除する「右葉《うよう》切除」で、矢野も青木も大学病院にいた頃、一、二度しか見た記憶がない。出血との闘いで、手術室は緊迫したムードに包まれ、輸血パックから終始血液が滴《したた》り落ちていたこと、目に入る術野《じゅつや》はいつも血で染まっていたこと、術者の額に脂汗がたぎり、術衣まで汗がにじんでいたこと、そして、その緊迫した場面は延々と十時間近くも続いたこと、午前一番で始まった手術が終わって外へ出てみたら日がとっぷり暮れていたことを覚えている。

麻酔医は近江大と西日本大から交互に来ていた。もっとも西日本大の方は大学の医局員が来ることは稀《まれ》で、最近では、滋賀県南部の草津にある関連病院《ジッツ》で麻酔医三人を擁する成人病センターから交互に来るようになっていた。この日やって来たのは初顔で、白《しら》鳥《とり》という三十前後の男だった。西日本大学から草津の成人病センターにこの春出張、常勤になったばかりだという。今日は他の医者が来る筈《はず》だったが「お前顔見せに行ってこい」と言われ、急遽《きゆうきよ》ピンチヒッターで来た、しかし、これからはちょくちょくお邪魔することになりそうです、と挨拶した。

「いやあ、こんな言い方は失礼かも知れませんが、肝切《かんせつ》と聞いて思わず耳を疑いましたよ」

当麻が母校の先輩と知った気安さからか、白鳥は饒舌《じようぜつ》に喋《しやべ》った。

「僕のとこでも年に数例あるかなしかですからね。まさかこんな田舎でやられるとは思いも寄りませんでした」

当麻は苦笑したが、矢野と青木は誇らし気《げ》だった。

輸血用濃赤液を五単位、凍結血漿《FFP》を二〇単位しか取ってないと聞いて、白鳥は不安を示した。FFPはさておき、輸血の方はもう少し用意しておいた方がいいのではないか、と。

「いや、何とか一〇〇〇cc以内の出血に留めますから大丈夫、輸血は八〇〇ccを超えたら始めてください」

当麻は悠然と言い放ってメスを握った。

午前十時にメスが入った。再手術のため、腹膜に胃の大網《だいもう》がかなりへばりついている。腹腔《ふっくう》に入るにはこの癒着を綺麗に剝《は》がさなければならない。下手にアプローチすると大網を傷つけていたずらな出血を招きかねない。

しかし、当麻は左手の指と、右手の鋏《クーパー》で難なくこれを剝がしていった。出血はほとんど見ない。大網は肝臓にもまとわりつき、ザクロのように口をあけていた腫瘍を覆っている。矢野と青木は（ウワァ、これは大変だ！）と息を呑んだが、当麻はこれまた苦もなく大網を指とクーパーで剝がしていき、アレヨという間に肝門部にアプローチした。

ここにも一度手が入っているから、増生した線維《せんい》組織が解剖を不明瞭にしている。しかし、当麻の手は間断なく動き、みるみる解剖が明らかになって行く。前回結紮された右の肝動脈、次いで胆管、さらにその奥の、青く太いイモ虫のような門脈が視野に現れた。当麻のツッペルはためらいなく門脈の表面を肝臓に向かって滑った。左右の分岐部が露わになった。

「いやあ、怖いですね。ここで破ったら一大事ですよね？」

初めて目にする〝イモ虫〟の分かれ目に、矢野は目を見すえ、感嘆とも戦《おのの》きとも知れぬ声を放った。

当麻はツッペルを捨てて直角剝離子《ライトアングル》に持ちかえ、それを門脈の右枝の下にかいくぐらせた。矢野と青木は陶然と見つめる。

「糸ッ、3―0」

当麻の声に、

「あ、はい……すみません」と慌てて器械出しの丘が糸を差し出した。

青木は感嘆して術野に見入る。門脈右枝《うし》を二重結紮したところで、当麻は左手を横隔《おうかく》膜《まく》の下に差し入れ、ドーム状の肝臓上面を手前に引いた。横隔膜との癒着を指と電メスでザザッとはがしていく。次いで肝臓の下側の操作に移り、人によっては幅三センチにも及ぶ人体血管中最大径を誇る下大静脈《かだいじょうみゃく》を露出していく。

手術室が不意にザワついた。当麻が肝切に使いたい「キューサー」の業者が二人入って来た。十時に始まって、肝切に及ぶのは正午前になるだろう、その時間を見計《みはか》らって来てくれればいいと、前日に器械を運び入れてくれた時点で伝えてあった。紺野が当麻の指示で一週間前にキューサーの借り出しを申し入れた時、業者は「えっ？　お宅で使われるんですか？」と、半信半疑の面持ちだったという。

当麻は手術台を左に傾けるように求めた。肝臓から下大静脈に向かって直径一ミリほどの細い短肝静脈《たんかんじょうみゃく》が五、六本出ている。これへのアプローチを容易にするためであった。

「その名の通り短く小さな静脈だけどね、損傷すると収拾がつかなくなることがある」

予《あらかじ》めテキストブックを二度三度読んで頭には入れていたが、実際目にするのは初めてだったから、見るものことごとく目新しく、矢野も青木も興奮を抑え切れないでいるようだった。

短肝静脈の処理が無事終わると、肝臓がさらに浮き上がった。術衣に、帽子、マスクをまとったキューサーのプロパー達は食い入るように当麻の手もとを見つめていたが、目前の光景がまだ信じられぬといった面持ちで、半ば感嘆し、半ば訝《いぶか》りながら当麻の横顔をチラチラ流し見やっている。

「よーし、じゃ、肝切に入ります。キューサーをよろしく」

正午カッキリ、当麻が一息つくように顔を上げて言った。

「あ、はい……」

術野と当麻の顔に見とれていたプロパーは我に返ったように棒立ちの姿勢を崩した。

「主任さん、BGMを流しましょうか」

当麻が目配せした。

「あ、はい……」

今度は紺野が慌てた。

「先生が持って来られたアレを、そのままでいいんですか？」

「ええ、そのまま、スイッチだけ入れてもらえば……」

「はい」

紺野が中材（手術用の器具、備品などの管理室）の方に走った。

キューサーがセットされると同時に、隣のオペ室から音楽が流れてきた。

「お、ポール・モーリアですね？」

白鳥が細い目をさらに細めて言った。

当麻が頷いた。

「先生、お好きなんですか？」

「ああ、いいと思わない？」

「いえ、僕も大好きですよ。いやあ、それにしてもBGMを流しながら肝切なんて、ゆとりですね」

ギャラリーがこもごもの表情で相槌《あいづち》を打った。

「アメリカでね、人工心臓の植え込み術を見に行った時、マーラーの曲が流れていたよ」

「それはまた一段と高尚ですね」

白鳥が目を細めた。

「ベートーベンの『運命』なんかじゃ、ちょっと刺激的過ぎますからね」

「うん、晩年にようやく平穏を得たゲーテも『運命』を聞いて心乱され落ち着かなくなったというからね。ベートーベンならさしずめ『田園』だろうね」

「いやあ、先生方は音楽や文学にもご造詣が深いんですね」

年長のプロパーが、社交辞令を加味した口吻《こうふん》で言った。

「最近は医学の分野でも音楽療法が取り入れられてますものね」

周囲のリラックスムードがうつったように、矢野もようやくゆとりを得た風情で言った。

「たとえば、聖路加の日野原先生なんか……」

「ああ、そうだね。日野原先生は電解質理論の権威だったらしいが、いつの間にかホスピスとか心療内科に関心が移られたみたいだね」

当麻の言葉を、ある者は聞き流したが、ある者は（オヤ？）と訝った。一年近くも故国を離れていながら、何故最近の国内の、それも畑の違う領域に知悉《ちしつ》しているのだろう、アメリカで日本のジャーナルにも目を通していたのだろうか——と。

誰もが、前代未聞の大手術をこんなリラックスムードでやっていていいのだろうかと戸惑いを覚えていた。その実、こうした会話に費やされた時間はほんの五、六分で、十二時十分には、当麻は手にしたキューサーで逸早《いちはや》く肝臓に切り込んでいた。

外来を終え、遅まきの昼食をとった島田がオペ室へ様子を探りに来た時、肝切はほぼ半ばまで進んでいた。

「ほー、BGMを流しながら手術とは、またモダンだねえ」

入ってくるなり島田は耳をそばだてて言った。ポール・モーリアはもう何回も繰り返されて、他の者達の耳には空気の軽やかな振動くらいにしか捉《とら》えられなくなっている。

「出血量は？」

部屋の隅でガーゼを秤量《ひょうりょう》している紺野の背後から、秤《はかり》の目盛りをのぞき込むように身を屈めて島田は問いかけた。

「今、これをカウントして、出します」

「大して出てはいないようだが？」

ガーゼの量と、そこにしみ込んでいる血液の濃さで目算は立った。

島田は床に置かれた吸引瓶に目を移した。ポトリ、ポトリとゆっくり滴っているが、底にたまった血液は五〇〇ccの目盛りラインを超えていない。

「七五グラムですから、トータルで四三五グラム、です」

ガーゼをさばいてカウントを終えた紺野が、小さな紙の切れ端《はし》にボールペンを走らせて言った。

「順調に経過している、ということだね？」

島田がやおら見学者用の足台に身を移し、矢野の背後から斜めに術野を見すえた。

「あと、二時間ほどで終えられると思います」

当麻の言葉に、島田は背後の「手術経過時間」を示すデジタル時計を振り返った。他の者達もそれにつられたように島田の視線の流れる方へ目をやった。

「まだ三時間ちょっとじゃないか。速いねえ」

島田は目を細めた。紺野と丘がVサインを交わし合ったのでプロパー達が笑った。

「その器械が味噌かな？」

島田は当麻の手もとに目を移し、問いた気にプロパー達を見た。

「あ、これはキューサーと言いまして、肝切には一番多く使って頂いてます」

年長のプロパーが恭《うやうや》しく言った。

「今日はこちらで初めて使って頂き、光栄至極です」

「お宅はどちらの方？」

「モチダ製薬のものです」

「へーえ、お宅ではこういうものも商《あきな》っているんだ？」

島田は率直に驚きを表した。

「はい、よろしくお見しりおきを」

プロパーはそつなく慇懃《いんぎん》に会釈した。

「今後も是非肝切の症例をふやして頂いて、手前共のキューサーをお使い、いえ、出来ればお買い上げ頂ければと存じます」

島田は苦笑した。

「ま、こちらの当麻先生次第だね。これがうまく行って、口コミで患者がどっとふえてくれればね。勿論《もちろん》、お宅らはウチで肝切除が出来ることを大いに喧伝《けんでん》してくれなきゃいかんが」

「ええ、それはもう……他の病院で症例があったら、こちらをご紹介します」

屈託のないやり取りを交わしながら、島田の胸中には言い知れぬ感慨がこみ上げていた。

大病院に伍して譲らぬ大手術を、今、弱冠三十五歳の外科医が見事にやってのけている。次第に切り裂かれていく肝臓を目のあたりにしながら、それが紛れもない現実とは、まだ信じられない思いでいた。

（夜明けだ！　我が甦生記念病院の新たな一頁が刻まれようとしている！）

ピンと背筋を立て、悠揚《ゆうよう》として迫らず、目だけは鋭く術野をみすえている当麻の横顔に、こんな独白を胸のうちに漏らしながら島田は見入った。

メスの冴え

外科医の腕の良し悪しは、たとえば胃癌《がん》に対する手術一つでも明確となる。胃潰瘍《いかいよう》の場合は病巣を含めて胃をその上下で切断し縫合《ほうごう》するだけの簡単な操作であるから並の外科医でも出来るが、癌となると、そうはいかない。進行癌では（稀《まれ》に早期癌でも）胃の周囲のリンパ節に転移しているから、これを含めて除く必要がある。その際重要なことは、癌に直接タッチしないことである。癌に触れると癌細胞を周囲にまき散らすことになりかねないからである。故に、主病巣の胃癌と周囲のリンパ節を、これらを取り巻く正常な組織で一括包み込むようにして切り取るのである。

しかし、矢野や青木が見るところ、武村の胃癌に対する手術は、表面に見える限りのリンパ節を、ブドウパンからブドウをつまみ出すように取るだけで、いかにも中途半端な郭清術《かくせいじゅつ》だった。

　一方、当麻の手術では、武村の手術では定かに見届けたことのない総肝動脈《そうかんどうみゃく》や門脈、さては腹腔動脈《ふっくうどうみゃく》が、ごく当たり前のように露見される。

開腹時には見えない深部の血管にへばりついたリンパ節を連続的に郭清していくから、二人は目を瞠《みは》った。

　胃を取り除いた後の再建も武村は食道と小腸をビルロートII法式でつなぎ、これに肛門側で小腸同士の吻合《ふんごう》を加えるだけだったが、当麻はρ《ロー》吻合という、矢野や青木が初めて見る方法を用いた。長いループができるから、食道への逆流を防ぐにはこの方がベターだという当麻の説明に二人は納得した。後者は吻合が前者より一つ余分になったから、武村がもしこのρ吻合を選んでいたら、さらに二、三十分は余計に時間を費やしただろうと思われた。

　矢野も青木も武村が執刀している時は手を拱《こまね》いている時間が多かったが、当麻に代わってからは片時も術野《じゅつや》から目が離せなかった。ベルトコンベアの流れ作業のごとく淀みなく手術は進む。いくつもの山場を経た充実感を残しながら、終わってみると意外に時間は経っていないのだった。

　開業して間もない武村から、「閉塞性黄疸《へいそくせいおうだん》」の診断で六十歳の男性が紹介されてきた。

総胆管結石《そうたんかんけっせき》によるものと思われるが、エコーで石ははっきりしない、ともかく減黄術を兼ね、精査をお願いしたいと認《したた》められてある。

「石じゃなく、これは九分九厘癌だよ」

経皮経肝胆道ドレナージ《PTCD》を矢野と一緒に施行し、留置したチューブから注入した造影剤が総胆管《そうたんかん》に流れ込み、その末梢で途絶える像が描出されたのを見届けて当麻が言った。

「欠損像《ディフェクト》の辺縁が結石のようにスムースじゃないよね」

矢野は過去に類似のケースを経験したことがあったから素直に頷《うなず》けた。いい思い出ではない。矢野は「総胆管癌じゃないですか？」と異論を唱えたが、武村は「いや、石だ」と主張して譲らず開腹に踏み切った。だが、総胆管を開いて挿入した消息子にぶち当たったのは、石ではなく、動かぬ腫瘤《しゅりゅう》だった。武村は狼狽《ろうばい》した。

「膵頭十二指腸切除《PD》をやれば取れますね」

まさしくその絶対適応であり、それを敢行すれば患者は九分九厘救い得るはずだ。

「いや、まあ、そこまでしなくてもいいだろう……」

武村は眉間を寄せ、語尾を濁《にご》した。どうするつもりかと矢野は息を殺したが、武村は言葉にならない独白をブツブツ吐きながら、開いた総胆管の切開口を十二指腸《じゅうにしちょう》に穿《うが》った穴と吻合するだけで手術を終えた。

矢野は地団駄踏む思いだった。もとより自分にPDをやってのける技量はない。だが、チーフたる武村には是が非でもこれをやって欲しかった。いや、やらねばならないと思った。武村がもしPDをやるだけの技量は自分にはないとわきまえているなら、結石でない場合も想定してPDをやれる医者にスタンバイしてもらい、いざという時に備えるべきだったのだ。

（犯罪に等しい行為だ。それを黙認している自分も共犯者だ）

こうした罪の意識に、患者を回診する度襲われた。今からでも遅くはない、正直に事と次第を打ち明けて、出来る人を呼ぶか、他に紹介するなりしてPDに踏み切るべきだ、武村に一刻も早く進言する義務が自分にはある――そんな良心の囁《ささや》きに煩悶《はんもん》しながら、しかし、言い出せないまま日が過ぎて行った。

一カ月が過ぎ去り、黄疸も引いて退院許可が出た。本人は大喜びだったが、家族の目にはかげりがあった。術直後、武村からこんなふうに言い含められていたからである。

「残念ながら、石ではなく、癌だった。周囲のリンパ節にも転移があり、既に手遅れの状況なので、ともかく黄疸を引かせるだけの手術に留《とど》めた。それで煩《わずら》わしいチューブと袋からは解放されるし、黄疸が引いてくるから退院もできる。しかし、予後は、精々一年と思って欲しい」

そうして武村は、「気安め程度だが、急速な進行を抑えるには多少役立つだろうから」と、カプセルの制癌剤を処方したこと、本人には石の再発を防ぐ薬だと言ってあること、などを駄目押し的に言い足した……。

患者は二週間に一度外来に通った。武村は、入院患者が退院した後は全部自分の外来日に来るよう指示した。矢野はもとより、新任の青木もそれを甚《はなは》だ不満とした。退院して行く者の中には、自分達が入院させ、執刀した患者もいる。しかし、よほど武村と折り合いが悪い患者は例外として、チーフの武村から自分の外来日に来るよう指示されれば、「はい、分かりました」と患者は二つ返事で頷く他ない。

必然武村の外来は混むが、矢野や青木の外来は閑古鳥が鳴いている。患者が医者を選んでそうなっているなら諦めもつくが、医者の側からそんなふうに仕向けているのが二人には癪《しゃく》に障《さわ》った。かつての入院患者とたまたま廊下で顔を合わせようものなら、バツの悪いことこの上ない。

「主治医制にするか、患者の選択にまかせて欲しいな」

X線技師やナース達と一献傾けると、酔った勢いで矢野は日頃のウサをこの時とばかりぶちまけた。

「癌患者にしたってさあ、術後経過をこっちもたまには知りたいじゃないか。なあ、青木君」

「ハア。自分はまだ新米ですから、仕方がないと思ってますが、矢野先生くらいになればそう思われて当然でしょうね」

青木は受験時代に十二指腸潰瘍《じゅうにしちょうかいよう》を患《わずら》ったことがあるというので、酒は酔うほどには飲まない。シラフのまま愚痴に付き合っている。

「それもさあ、手術はどう見てもうまいとは言えないし、納得のいかないごまかしの手術もやってのけるしで、およそご尊敬申し上げられないんだもんなあ」

「まあまあ、矢野先生、あんまりおおっぴらに言いたい放題言ってると、どこからか武村先生の耳に入らないとも限らないわよ」

病棟の看護婦達がセーブにかかった。

「何言ってんだ！」

矢野はあくまで絡んでいく。

そして、癌を残したまま姑息《こそく》なバイパス術に終えた総胆管癌の患者などを引き合いに出した。

そこまで具体的に事例を示されると、矢野の正義感、それ故の義憤、苦悶が痛いほど伝わって、さすがに一同はシュンとなった。

「先生の言うことは確かに正論だよ。内視鏡的逆行性胆道膵管造影《ERCP》で造影剤が全然入って行かないのを見た時、矢野先生と同じように、あ、これは癌だ、でも、総胆管だから取れる、助かるって思ったもんな。それが取れなかった、いや、取らなかった、バイパスだけに終わった、と聞いて、愕然《がくぜん》としましたよ。だって、俺はその標本を開くことを楽しみにしてたんだもの」

X線技師のチーフで、手術の摘出臓器を開いてキチンと板にとめ、持ち前の器用さでそのスケッチも巧みにこなして外科医達に重宝がられている鈴村が、しきりに同調する。

「エコーで見る限り、ハッキリしたリンパ節転移もなかったし、勿論《もちろん》、肝臓その他への転移もなかったですからね」

エコーの技術にかけても鈴村はひとかどのレベルに達している。

「看護記録でチーフの説明《ムンテラ》の内容を読んで俺はガックリ来たんだよ。真っ赤なウソをついてるんだ。これはもう犯罪だよ」

「矢野先生、声が大きいわよ」

看護婦が手を添えて口を封じようとした。

「正論だよ。だけど矢野先生、そこを今少しこらえて欲しいなあ」

鈴村は、矢野の怒った肩に手を置いた。

「それを言い出したら、この世の中、どれほどの殺人が見えない所で行われているか知れないんだし……武村先生も自分の技量の足りなさは充分思い知っていると思うんだ。医学はどんどん進歩してるんだし、患者の意識もそれなりに進んできている。甦生《こうせい》記念病院の外科がいつまでもその程度のレベルで留まってはおれないと思う……」

矢野は鈴村の手をうるさいとばかり払いのける。

「外科医というのはなあ、千人手術して九百九十九人助かり、一人が駄目だったとしても許されるだろうけど、百人に一人の割で死なせたら、これはもう、由々しきことなんだ」

矢野の目が次第に据《す》わってくる。やがて呂律《ろれつ》が怪しくなり、へべれけに酔い痴《し》れて、気が付くとテーブルの下に沈没していた。

半年後に武村の退職を知った時、矢野をはじめこのコンパに出た面々は、その時のやり取りをこもごも思い起こし、自分達の祈りにも似た思いが天に通じたのだと互いに囁き合った。

「残念です。先生がもう少し早く来てくださっていれば助けられた患者がいました」

武村から紹介されてきた患者の手術のクライマックスが過ぎたところで、矢野が改まった口調で言った。

当麻は、一息つき、背筋を立て直して矢野を見た。

「この人とまったく同じ症例でした。総胆管結石の診断であけたんですが、術中に癌と分かって、ボクはPDをと言ったんですが、武村先生は言葉を濁してそのままバイパス術に留めちゃったんです」

「他に転移《メタ》があった訳では……？」

「いえ、まったくありませんでした。しかし、武村先生は、そのへんも偽ったムンテラをファミリーにしたんです」

「問題発言だな」

山場を乗り越えたのを見届けた安堵感からか、二人のやり取りに耳を傾けていた麻酔の白鳥《しらとり》が口をさし挟んだ。

「で、その患者さんは」

当麻の目がチラと矢野を見すえたが、手の動きはとまっていない。

「二、三カ月前に亡くなりました……。術後、一年ちょっと、でしたか？」

「ウチなんかも、ＰＤはあんまり積極的にやらないなあ。まして、今日みたいな、幽門温存術ですか、こういうのは、初めて見せてもらいましたよ」

「先生、武村先生に、返書は書いてくださいますね？」

矢野が畳み込んだ。

「ああ、勿論《もちろん》」

「できたら、ＰＴＣＤの時の造影写真もコピーで添えて頂けませんか？」

「ウン？」

「姑息術に終わったその患者さんのＰＴＣＤの所見と酷似しています。武村先生はそのディフェクトを石と読んだんです。それを最初に腫瘍《チューマー》と読んでいたら、多分、ここではオペしなかったと思います」

「どこかへ紹介を？」

「ええ。食道や肝臓癌などは皆そうしてましたから」

「そうかなあ？」

当麻が小首をかしげたので矢野は訝《いぶか》った。青木は二人を交互に見やっている。

「亡くなった患者さんのＰＴＣＤ像がこの患者さんのと酷似していたとしたら、武村先生も一割か二割は、チューマーじゃないかと疑っていたと思うんだが……」

「そんなことは一言も……」

矢野は語尾を濁した。

「ボクはとにかく、かなりチューマー説に固執したんですが、まるで相手にしてくれませんでしたから」

「でも、家族にはひょっとして匂わしていたかも知れない」

「いえ、少なくともカルテには、そんなムンテラの形跡は見られませんでした。それに、だったら何故……」

「やってしまったか？」

「はい」

「君は勿論、僕にも是認出来ないが、武村先生が術後ファミリーにムンテラしたように、石だったら取れないはずはないと疑われるが、癌なら取れなくても仕方がないとファミリーにも申し訳がたつ。黄疸を引かせる手術はした、煩《わずら》わしい体外チューブは外せるし、退院も出来る、ということで充分言い訳にはなるよね」

「じゃ、武村先生は、たとえ癌であったとしても最初からバイパスで逃れるつもりだった、という訳ですか？」

「と、僕はそう思うけどね。穿《うが》ち過ぎかな？」

矢野は絶句した。

「総胆管癌はさておき、膵頭部《すいとうぶ》癌ではよくあることですよね、バイパスで逃れるのは」

白鳥が間を繕《つくろ》うように合いの手を入れた。

「しかし、総胆管癌がPDで取れないことはまずないですものね、先生」

「そんなことはない、門脈に浸潤していることだってあるからね」

「……その時は、手術不能《インオペ》ですか？」

「門脈合併切除でいけることもある」

「門脈を!?」

矢野が頓狂な声を上げた。

「門脈を切っちゃったら、後は、どうするんですか？」

「三、四センチなら十二指腸下行部を授動し、そのまま寄せて縫える。それ以上なら人工血管《グラフト》を間に入れればいい」

「先生は、それをやられたことが……」

「ああ、なくはないよ。ここでもいつかそんなケースに出くわすだろうね」

一同は声を失ったまま当麻を見つめた。

「当麻君を医長に？」

　折り入ってご相談申し上げたいことがありますという矢野を部屋に呼んだ島田は、開口一番相手の口を衝《つ》いて出た言葉に面食らった。

「はい、近江大から医長として来られると聞きましたが、青木君の話では、その野本先生の評判は医局では余り芳《かんば》しくないし、ウデの方も当麻先生の比ではない、ということです」

「しかし、年齢は勿論《もちろん》、卒業年度も当麻君よりも大分上なんだよな」

「だから尚さら具合が悪いんじゃないでしょうか？　年下の当麻先生の方がウデが立つのに地位が下、ということになると、野本先生もメンツを失うことになりかねないと思いますが……」

　矢野の指摘したことは、当麻の評価が高まるにつれ、島田もそぞろ懸念し始めたことだった。武村の時は、どことなくギクシャクして陰鬱《いんうつ》だった外科のムードが、わずか二カ月ですっかり明るいものに変わっている。

「ウデが立ち、人柄もいい先生が来てくださって、ナース達も喜んでます」

総婦長の平松に打診しても、返ってくる答は明快だった。平松は、昨日軽快退院した前川忠一を例に挙げた。周りは大学病院へ行くようにと勧めたが、手術の説明を淡々とされる当麻先生のゆるぎない自信に溢れた目が最後の決め手になった、肝臓移植まで学んで来られたとは露《つゆ》知らず、そうと言ってくださったらその場でお願いしますと言えたのに、敢えてそれを仰《おっしゃ》らなかった――そんな先生のお人柄に、今はもうぞっこんです、今度また手術が必要となったら、死んでもいいから当麻先生にお願いします、と、それはもう大変な惚《ほ》れ込みようです、と。

「このまま、もうこのままのメンバーと体制で行けたらと皆願っています。新しい医長先生が来られるのはいいが、気難しい人だったら敵《かな》わんなって、皆案じてますよ」

日が経つにつれ、島田の気分は憂鬱《ゆううつ》になりつつあった。当面は外科医三名で充分やり出来てるようだし、当麻は早くも矢野や青木の信望を勝ち得てチームワークもしっくり行ってるらしい。そこへ、一癖も二癖もありそうな野本が加わり、年嵩《としかさ》と肩書ばかりを笠に着て横柄にふるまえば、武村の時よりもっと険悪なムードになりかねない。現場の人間である矢野がこんな差し出がましいことを申し出てくること自体既に不吉な前兆だ。

「皆の気持ちは尊重したいが、じゃ、当麻君を医長にして、新しく来る野本君の立場はどうせよと……？」

「当麻先生の下、という訳にはいかないでしょうから、二人医長でどうでしょうか？」

「二人医長？」

「はい。たとえば、形式だけでも外科を第一と第二に分ければ、名目は立つと思います」

「なるほど……」

島田はチョビ髭《ひげ》をしごいた。

「いや、それは確かに妙案だが、近江大の卜部《うらべ》教授から、野本君をヘッドでと釘をさされていてね。二人医長となると、厳密にはヘッドでなくなる訳だからね。教授の機嫌を損ないかねない」

「機嫌を損ねて、野本先生を送らんと言ったら、先生としては困りますか？　すくなくとも外科は、現状で少しも困らないと思いますが」

「野本君の一件だけならまだしも、他に災いが及びかねないからね」

「と、言いますと？」

「自分の意向にそぐわぬことをするなら青木君も引き揚げさせるし、今後一切近江大からは人を送らんと卜部さんは威嚇《いかく》してきた」

即答がないのを見届けて島田は続けた。

「だからね、君達が単純に考えることと、私のような管理者の立場で考えなきゃならんこととは少しばかりズレがあるんだよ。慢性的なマンパワー不足に悩む民間病院にとって、大学病院とのパイプはゆるがせにできないんだ」

若者特有の正義感と血気を頼もしく思いながら、島田は諭《さと》すように言った。

「でも、これは本人に直《じか》に確認した訳じゃありませんが……」

矢野は上体を屈め、いくらかトーンの落ちた口調で言った。

「教授が引き揚げて来いと言っても、今の青木君は、そうおいそれとは従わないんじゃないでしょうか？」

「と、言うと……？」

島田は小さく首を捻《ひね》った。

「武村先生の時ならいざ知らず、当麻先生が来られて、青木君も非常に喜んでいます。やっと師事するに足る人に出会えたと。だから当麻先生がいてくださる限り、彼はここを離れないと思います」

「フム」

当麻があっさり「副医長」に甘んじてくれたことで一件落着と決め込んだのが甘かったと、島田は自問を始めていた。

「青木君の意見も聞いてみたいね」

混乱しかけた頭の中を整理し得ないまま、島田はボソリと吐いた。


「矢野先生の案に、ぼくも大賛成です」

島田の話を神妙に聞き終えるや青木はすかさず口を開いた。

「日本式の年功序列に則《のっと》れば順当かも知れませんが、地位の高い人が実力的に劣る、というんでは、少し具合が悪いんじゃないでしょうか？」

「確かに、それは一理だ。しかし、どうかね？　第一と第二、二つに分けると、君達もいずれかに分かれなきゃならないが……」

「いえ、わずか四人ですから、その必要はないと思いますが……」

矢野がすかさず横から口を出した。

「野本先生と当麻先生は同格ということで、僕らはどちらに指示を仰いでもいい、ということにして頂ければ……」

「さあて、野本君がはたしてそれで納得してくれるかどうかだな。ひいては、卜部教授がつむじを曲げて、そういうことなら野本は送らない、青木も引き揚げさせる、などと言いだしやしないか、それが心配でね」

「いざとなれば僕も腹をくくります」

青木が毅然《きぜん》として言い放つと矢野も相槌《あいづち》を打った。

（ホラ、ボクの言った通りでしょう？）

とその目は語っている。

島田はさらに手術室の紺野や、総婦長だが外科病棟の婦長も兼ねる平松に意見を求めたが、二人とも矢野や青木と同じ意見を述べた。

（ハテサテどうしたものか……）

今年一杯で、当麻が赴任してほぼ三カ月となる。医者には例外として適用してないが、新規採用者で幹部クラスはいきなりその役職につけず、三カ月間は「××心得」として観察期間を設けることにしている。

島田は特例的に当麻にもこのシステムをあてはめればいいのではないか、と考えた。つまり、当麻はさし当たっては「副医長」としたが、内々では「医長心得」のつもりであった、と弁明すればよい。むしろ、いきなり「医長」として赴任する野本こそ特例で、これは大学との兼ね合い上止むを得ずそうしたが、当麻の方が「医長」として先約済みであったし、誰の目にも「医長」たる資格充分なのだから、敢えて二人医長で行く、一つの所帯にヘッドが二人では傍《はた》が戸惑うだろうから、取り敢えず、形式上外科を第一と第二に分ける——ウン、これでいい、と島田は自得して頷《うなず》いた。後は当麻と、最終的には野本の了解さえとりつけられればよい。

「そういう訳で、新年度から君を第一外科医長に、野本君を第二外科医長にして同格としたいんだ。もっとも、年齢的には向こうが上だから、それなりに立ててくれればと思うんだが……」

師走に入って、島田は当麻に自分の考えを打診した。

「私は別に、副医長でも構いませんが……」

当麻はさして顔色も変えずに言った。

「いや、医長の最低条件である卒後十年を、君はもうクリアしているし、加えて、君が前任者武村君を凌《しの》ぐ力量の持ち主であることも知れたようだから、君を医長と呼ぶことに何人も異論は唱えないだろう。野本君も最初はむくれるかも知れんが、君の実力を知れば、ああ並列でよかったと納得してくれるだろう。私を含め、皆でバックアップするから、是非そういうことで了解してくれ給え」

当麻はしばらく逡巡《しゅんじゅん》を示していたが、やがて意を決したようにかぶりをおろした。

「そこまで仰《おっしゃ》って頂けるならお言葉に甘えさせて頂きます。ただし、流動的にお考え頂いて、そうしてみたがやはり具合が悪い、ということになりましたら、その時はまた遠慮なく仰ってください」

年が改まって野本が赴任してきた。

京子が白衣を揃え、名札を添えた時、野本はたちまち血相をかえた。

「第二外科医長……何だこりゃあ⁉　外科が二つに分かれてんのか？」

「あ、はい……」

眉間に縦皺を寄せ、険悪になった野本の目を、京子はおずおずと見上げた。

「先においでになった当麻先生が第一外科の医長ですが……」

「そんなこと、聞いとらんぞ！　話がまるで違うじゃないか！」

ひったくるように白衣を摑《つか》み取ると、野本は京子が差し出したネームプレートを机の上に放り投げた。

「院長室へ案内してくれっ！」

せかせかと白衣をつけ終わるや、野本は肩を怒らせて怒鳴った。

「あ、はい……」

その時青木が入ってきて、すかさず京子に声をかけようとしたが、その場のただならぬ気配に思わず立ちすくんだ。

野本は青木など洟《はな》もひっかけぬといった素振りで京子を促《うなが》して部屋を出た。青木は呆気に取られて二人を見送った。

「わずか四人の所帯に二人医長じゃ統制が取れませんよ。それに、私と当麻君のどちらに決定権があるのかも分からない」

着任の挨拶はそっちのけに、島田と相対するなり、野本は喧嘩腰で切り出した。予期せぬことでもなかったから寝込みを襲われた感はなかったが、相手の居丈高《いたけだか》な態度に島田はたじろいだ。

「いや、それは無論先生が年長ですから、それなりにイニシアティブをお取りになってくだされればよろしいことで……。当院としては規定上、卒後十年以上のドクターは、よほど問題点がない限り医長職に任じております。ま、ひとつには、給与面での配慮、つまり役職手当ですな、これを加算する意図もありまして……」

「フン」

野本は言葉に詰まってやおらタバコを取り出した。

「お宅がそういう考えでしたら、こちらも相応に対処しなければなりませんな」

「と、言うと……？」

「名目だけでなく、実質的に外科を二つに分けちまいましょうよ」

野本は鼻と口から煙を吐き出し、ソファの背にもたれ込んで島田を見すえた。

「病棟も折半し、外来も半分ずつにする。オペも無論、別々に、それぞれの裁量権でやる――と、そういうことなら了解しましょう」

「具体的には、どのように……？」

「そうですな。私の方には青木をもらいましょう。当麻君はもうひとりの若いのとペアを組めばいいでしょう」

島田は即答に窮《きゅう》した。

外来はさておき、病棟も折半というのは考えものだ。第一の方は満床で第二の方が空き空きなのに第一の患者は第二に入れない、というのではベッドの回転率が悪くなる。さりとて、大部屋に双方の患者が混じるのも多々問題が起きそうである。第一と第二で手術の経過に大きな開きがあっても困る。一方の医者はマメに回診に来るが一方はズボラで余り回って来ない、ということでも困る。ほったらかしにされている患者の方から苦情が持ち上がるのは必至だからである。

「やはり、そうでしょうね」

島田から野本との交渉のいきさつを聞かされて、当麻はかすかに目を曇らせた。

「何と言っても、年長者ですし、大学の講師であったという矜持《きょうじ》が許さないんでしょうね」

「初対面の印象通りの男だよ。先が思いやられる」

島田は深い溜息をついた。

「そういうことでしたら、やはり私が副に退いた方がいいと思います」

やや間を置いてから、当麻はかげりの引いた目で島田を見すえて言った。

「いやいや、辞令はもうね、院内に掲示もしたし、患者にも知られていることだから、撤回するつもりは毛頭ないが……」

島田はわずかに迷いを残した。

「野本君がそう望むなら、第一と第二を完全に分けていいと思う。ただ、そうすることでさし障りがあるのは、病棟のベッドと青木君のことだろうな」

「そうですね。病棟のベッドを二つに分けるなんてことは、大学病院ならいざ知らず、こういう所では許されませんよね」

「まったく手前勝手な考えだよ。ベッドの回転率のことなんか何も考えてやしない。そりゃあ、第一、第二とも、ベッド待ちが出るくらいいつも満床、というんなら話は別だがね」

「そのへんは、病院側として困る、と、先生のお考えを主張されたらいいと思います」

「ああ、そうしよう。すると、残るは青木君のことだが……」

「これもバッサリと二つに分けて、青木君が私の方のオペを手伝うことは絶対にまかりならん、ということになると、ちょっと問題ですね」

「野本君の度量からいくと、そういうことになりかねん。野本君が君と張り合うくらいの技量があって、症例も時間を持て余す暇もないほど多いんなら、青木君もアンハッピイじゃないだろうが……」

「青木君に率直にお話しくださって、気持ちを確かめて頂いたらどうでしょう？　どうやら、キーパーソンは彼になりそうですから」

「そうだね。今すぐ確かめてみよう」

島田は迷うまでもなく電話を引き寄せた。

青木が息せき切って院長室へ入ってきたのは、十分も経ってからだった。

「済みません、木津さんの中心静脈栄養《IVH》が詰まったものですから、入れ代えてました」

遅れた言い訳を、島田にというよりは当麻に向かって青木はした。「木津さん」とは武村から送られてきた総胆管癌《そうたんかんがん》の患者で、幽門温存膵頭十二指切除《PPPD》という最新の手術法で根治を得て一週間を経ている。ようやく流動食が摂《と》れるところまできていた。トイレにはもう自力で立っている。

「あ、それはご苦労さん」

島田は先刻当麻に持ちかけた話を繰り返した。

「僕としては、気の滅入《めい》ることとですね」

一部始終を聞き終えると、青木はすっかり考え込んだ顔で言った。

「近江大から派遣されている以上、上司《オーベン》の言うことには従わざるを得ないんでしょうが……正直言って、四六時中野本先生と一緒では気が滅入ります。それに、そうなると、当麻先生のオペにつくことも難しくなりますね？」

「ま、そうだな」

島田はさてどうしたものかと当麻の顔色を窺《うかが》った。

「そのへんは、余り杓子定規に考えなくていいと思いますが……」

青木ではなく、島田に視線を送って当麻は言った。

「野本先生にも言い含めて頂《い》いて、たとえば僕の方のオペがなければ矢野君も野本先生のオペに入らしてもらう、手が要るなら手伝う、少なくとも見学は自由にさせてもらう、ということでいかがでしょう？」

「是非ともその線で了解してもらおう。だから、青木君も一外のオペにはついていいし、勿論《もちろん》、見学は自由だよね？」

「ええ、私の方は大歓迎です」

青木はそれでも浮かぬ顔で肩を落としたまま何事か思いめぐらしていたが、やがて、

「分かりました」

と迷いを断ち切ったように言った。

外科医局の件はこれで何とか一件落着と安堵したのも束の間、数日後、卜部大造《たいぞう》から島田に呼び出しがかかった。

「話が違うと、野本から苦情しきりだが」

開口一番卜部はこう切り出し、ギロリと島田を見すえた。すかさずパイプを取り出している。

「ヘッドを二人立てるなんて話は、ついぞ聞いておらんかったぞ」

しまりのない口から煙を吐き出しながら卜部は続けた。

「この前の時点で、お宅はもうそういう腹づもりでいたんだ？」

「いえ、そういう訳では……」

島田は鼻さきに漂ってきた煙に咽《むせ》びそうになるのをこらえて言った。

「あの直後、外科のスタッフには先生のご意向を私なりに解釈して伝えました。野本さんより一足先に来た当麻君も、副医長ということで了解してくれました」

「それが何故二人医長に？」

「私としては、当麻君は〝医長心得〟のつもりで年内一杯、その力量、人間性を観察させてもらうことにしたのです。他の科でもそうですが、一応、卒後十年を過ぎれば医長資格あり、と規定しておりますので」

卜部は言葉に詰まった。相手の言い分に理があると認めざるを得なかったからであろう。

「それならそうと、お宅のその規定とやらをこの前の時点でハッキリ言ってくれればよかったんじゃないのか？ 野本をヘッドにと念を押したはずだし、お宅も異存はない旨即答した。ウチでさえ外科はまだ一つ所帯で縦構造ですぞ。まして地方の民間病院で四人のスタッフしかおらんのに頭が二つ並んでちゃ、野本としてもリーダーシップが取りづらかろう。部下《ウンテン》が青木一人、と言うのも、医長とは名ばかりで、張り合いのないことこの上なかろうて」

愚痴は言いたいだけ言わせる、しかし、一歩たりとも譲らぬ、そんな腹づもりで島田は来ている。送ったばかりの医局員をここですぐまた引き揚げさせるなんてことはあるまいと踏んでいたし、よしそうなってもこちらとしては構わない、青木もあれから再び、一応野本の下につくが折り合いが悪くなれば自分は近江大の医局からはずれることも辞さぬ、との決意を示してくれた。されば野本が抜けたって一向に構わぬ、強気に出るに限る、と、出がけから腹を決めてきていた。

「ま、いずれにしても」

卜部は話に一区切りをつける構えを見せた。

「今しばらく経過観察《フエアラウフベオバフアテン》とするが、お宅がこちらの意向をないがしろにしたことは事実だし、野本を言いくるめたワシのメンツもいたく損なわれた。奴さんがむくれて飛び出すようなことになった暁《あかつき》には、ワシとしてもそれなりの対応を考えなきゃならん。願わくば、そうならん先に、賢明な手だてを院長さんの方で考えてくださらんとな」

（やれやれ）

島田は胸を撫《な》でおろした。今すぐにも二者択一を迫られる事態も覚悟してきただけに、この程度の威嚇でおさまれば良しとせざるを得ない。

窓には冬の早い落日が迫り、島田はそぞろ里心に駆られた。

エホバの証人

甦生《こうせい》記念病院の内科は自分と消化器部門の小谷《こたに》の二人だけだったから、島田としては何としても中堅どころの内科医が一人二人欲しかった。母校である西日本大の二、三期後輩の男が近江大の教授になっているのを伝《つて》に人を頼みに赴いたが、島田が望むような卒後十年前後の中堅は大学病院でも既に貴重な戦力として役所《やくどころ》を得ており、週に一日程度の非常勤なら何とか出せなくもないが、と語尾を濁《にご》された。

内科の外来は島田と小谷が毎日出て二診制だったが、それでも島田の外来が終わるのは二時、やや人気に劣る小谷でも一時より早く終わることは滅多になく、まさに猫の手も借りたい状況だったから、たとえ一日の非常勤でもと島田は飛びついた。

ほどなく、講師になったばかりの男を一人出せます、ただし、彼は糖尿病が専門だから「糖尿病外来」という形でなら出向いてもいいと言っているがどうですか、と教授から電話が入った。背に腹は代えられぬ思いで島田は了解した。

「糖尿病外来」は結構当たり、島田や小谷が診ていた糖尿病患者の大半はそちらへ回すことでいくらか二人の負担は軽減されたが、糖尿以外の病気は診ないと頑《かたく》なに突っ張ねられるのには閉口した。

「まったくねえ、大学の連中は専門馬鹿で、レパートリーが狭くって困るよ」

島田は事ある毎《ごと》に弟の三郎にぼやいた。

「ジェネラルに診られて、しかも自分の得意分野をしかと持っている、それが本当の臨床医なんだがねえ」

「まあしかし、ああいう人達は大学で生き残って、その道の専門医として出世栄達の道があるんだろうから」

三郎はしきりと兄をなだめ、

「糖尿外来も三、四十人は来てますから、何とかペイは出来てますよ」

と、数字を見せて納得させた。

「一日でそれだけだろ。ワシなんかは午前診だけで五十人診るんだからね」

と、それでも島田はむくれた。

「非常勤でなく、やっとひとり常勤を出せそうですが……」

幾度か近江大に足を運んだ甲斐があって、一年後に、ようやく朗報が届いた。ほどなく、教授に伴われて丸橋という男がやってきた。

「いやあ、想像してたよりはるかに立派な病院で驚きましたよ。私が定年になったら来たいくらいですな」

教授は上機嫌でしきりとほめそやしたが、横にちんまりと座っている丸橋の第一印象はすこぶる悪かった。

（パッとせんなあ。国試ワーストスリーだけのことはある）

丸橋が近江大の純粋培養と聞いて、島田は人知れずこんな独白を胸の内に漏らした。

「いずれ親父さんの跡を継ぐんでね。ジェネラリストを目指している。さしずめお宅なんか、地方の第一線病院だからうってつけだろうと思いましてね。彼は卒後四年目でひと通りの疾患は経験して来てるから、外来も消化器中心にさせてもらえば何とかこなせると思うが……」

（いやあ、どう見ても外来向きの風貌じゃないな）

と島田は小首をかしげる。

（若い者に威厳を求めるのは酷だが、せめて人当たりは良くないと……）

パッと見が冴えない。愛想も良くない。これじゃ患者の人気は得られまい。いやはや、期待外れもいいとこだ——島田は人知れず嘆息をもらし続ける。

「しかしまあ、色々と足らない分は若さでカバーしてもらえば」

二人が去った後、虚脱感に襲われてしきりに愚痴をこぼす島田を、面接に同席しながら終始沈黙を保っていた小谷が、なだめすかすように言った。

「外来を、一単位でも二単位でも減らしてもらえば、私としてはありがたいですよ」

実際、丸橋が来たことで一番喜んだのは小谷だった。午前と午後のノルマが一単位ずつ減って多少ゆとりが出来たからである。

丸橋は、母校の後輩である青木には先輩風を吹かせたが、野本には一も二もなく従順をきわめ持ち上げた。自分の患者で手術適応ありとみなすや、ためらわず野本に「御高診願い」を出す。野本にとっては実にありがたい後輩であった。外来患者が少ないから当然そこからピックアップする手術患者も少ない、このままでは何ともメンツの立たないところを、丸橋が少しは補ってくれたからである。

医局でも、野本と丸橋は何かと言えば他愛のない雑談に時を費している。京子はそれを耳障りと感じ、「学閥もいいとこだわっ！」と叫びたくなる。

当麻《とうま》や矢野が日中医局でゆったり腰をすえていることはほとんどない。姿を見せたかと思うと、喉を潤おす程度でまたあたふたと飛び出して行く。

対照的に野本はたっぷり一時間は新聞や雑誌を読み耽《ふけ》り、物音が聞こえなくなったと流し見れば、いつの間にかソファに横たわってだらしなく口をあけ居眠っている。オペのない午後は半日でもソファでゴロゴロしている。

（二外はよっほど暇なんだっ！）

と京子は義憤に駆られる。

青木はつかず離れずといった感じで野本と接触しているが、患者のこと以外は二人に共通の話題はなさそうだ。日中、野本が医局でブラブラしていても青木の姿は見えないことが多い。必要最小限の付き合いに留《とど》め、野本と顔を合わせるのを故意に避けているように見える。野本が早々と病院を引き揚げた後、青木は待ち構えたかのように医局に現れ、京子に何やかや話しかけてくる。

出勤はこれと逆であった。当麻、矢野、青木は八時半には相前後して医局に姿を見せるが、野本と丸橋は、九時ギリギリに出てくる。丸橋に至っては、外来のノルマがなければ、やおら持参のパンをかじりながらひとしきり新聞を読む。十時前に及んでおもむろに無造作に白衣をひっかけ、聴診器を摑《つか》んでノソノソ医局から出て行く。

当直に当たった時もこのパターンは変わらない。野本は当直の免除を申し立てたが副院長の小谷でさえ月に二度やっており、同じ医長の当麻は週に一度やってくれている、特別扱いはできないと島田に言われ、渋々月に二度ということで折れた。丸橋は週に一度である。この二人が、医局に隣接する当直室から出てくるのは決まって九時頃である。野本はまだしも身だしなみを整えてくるが、丸橋に至っては不精極まりない。いい加減寝癖のついた髪はそのまま、生アクビを連発しながらノッソリ医局に入って来るなり、ドタッとソファに身を沈める。

京子は男達、まして人の命を預かる医者達の、人目も憚《はばか》らぬこうした不粋な生態を見せつけられる度に幻滅を覚えた。

だが、この朝ばかりはいつもと違っていた。

京子が出勤してみると、当直室はもぬけの殻で、医局にも珍しく丸橋の姿はない。いつも出すことにしている思い切り苦いコーヒーを、今日は出さなくて済む、手間がひとつ省けた、と思った時だった。こんな時間にはついぞ姿を見せたことのない野本が現れたので驚いた。

「あ、今日は早いんですね？」

単純な驚きにおのずと皮肉が混じっている。

「急患だよ、急患。急患に起こされた。まったく、朝っぱらからバタバタさせてくれるよ」

野本はまだ半分開き切っていない目を京子に流してロッカーに向かった。

「それは……ご苦労様です」

丸橋の姿が見えないことも合点が行った。

「コーヒーを一杯淹《い》れてくれよ。それと、売店でパンでも買ってきてくれんか」

野本はガタゴトとロッカーに音を立てながら矢継ぎ早に言った。

「どんなパンがいいですか？」

「何でも……あ、いや、ミックスサンドはあるかな？」

「ある、と思います」

「じゃ、それがいい」

ロッカーをバタンと閉じる音と共に、野本の声が迫った。

「腹が減っては戦も出来んからな」

野本の気配を背後に感じ、京子は逃れるように小走りで医局を出た。

勢い余って、その時医局に入りかけていた当麻と危うくぶつかりそうになった。

「おっとと……！」

当麻がのけぞるように立ち止まったが、反射的に京子の二の腕に手が伸びて、京子の上体を押し留めた。

「あ、すみません……お早うございます」

「お早う。どうしたの？　あわてて……」

京子の動きを制した手は、逸早《いちはや》くその二の腕からはずれている。が、一瞬キュッと肌に食い込んだ力強い手の感触に激しく心臓が高鳴った。

「売店まで、ちょっと……。あ……先生、お食事は？」

「ウン、もう済ませてきたよ」

（何を分かり切ったことを聞いているのかしら）

未練を残してすれ違い様、京子は自嘲気味な独白を胸の内に漏らした。

（ああ、当麻先生にお食事を作ってあげたいな。一緒に食べられたらどんなに幸せかしら）

こんな思いは、食堂で当麻を見かける度に京子の胸に去来してつきまとった。

「お早うございます」

医局に入った当麻は、この時刻にはついぞ見慣れぬ野本を訝《いぶか》り見ながら挨拶した。

「お早う」

新聞を広げていた野本は、チラと後に目を投げやっただけで、無愛想な低い声を返し、またすぐ新聞に目を戻した。

「早いですね、何かありましたか?」

「当直の丸橋に呼び出されてね」

もったいぶった言い方だった。

「急患、ですか?」

「ああ、この前まで入院していて外来通院に切り代わったばかりの患者らしいが、慌てて退院させせると得てしてそういうことになる」

そこへ丸橋がボサボサの頭で入ってきた。当麻にはチラと流し目をくれただけで、

「あ、ご苦労様です」

とすぐに野本へ目を移した。

「おおっ、何だそれは? 返り血か?」

野本は丸橋の白衣を見て大仰《おおぎよう》に驚いて見せた。

「いやあ、やられました。S・Bチューブ(食道静脈瘤《しよくどうじようみやくりゆう》の出血時に応急処置として止血に用いられる)をなかなか呑み込んでもらえなくて……」

丸橋は白衣を脱ぎにかかった。

「で、入ったのか?」

「ええ、何とか……」

「よかった。じゃ、ま、それで当面は何とか持たせるんだな」

「一両日はいいと思いますが、その後、どうします？」

野本は着替えを済ませて自分の机に向かった当麻の方へ一瞥《いちべつ》をくれた。

「イチかバチかでオペをやるかだな。ま、家族の意向を聞いてからだが」

机の上の電話が鳴った。丸橋が立って受話器を取った。

「えっ、輸血が駄目？　どうして？　なにっ、エホバのショーニン……⁉」

丸橋のすっとん狂な声に、野本のみか、当麻も思わず振り返った。

「分かった。ちょっと野本先生と相談するから待って」

丸橋はそそくさと電話を切った。

「何だ、どういうことだ？」

「参ったあ」というように手の平で額を打ちすえてソファにへたり込んだ丸橋を、野本は下からのぞき込んだ。

「〝エホバのショーニン〟て、そう言えばいつかマスコミで騒がれてましたね。交通事故の男の子が輸血を拒否したために死んじゃった、ということで……」

「で、何だ？　その吐血の患者が、〝エホバ〟だったのか？」

「ええ、とにかく相当出てるし、血圧も下がってるんで、すぐに輸血をオーダーしたんですが……」

「Hb《ハーベー》はいくつだ？」

丸橋は脱ぎ捨てて丸めた白衣の胸のポケットからクシャクシャになった小さな紙切れを取り出した。

「一時間前の採血ですが、七・六ですね」

「その後また出てるだろう？」

「ええ、S・Bチューブを入れる時、かなり吐きました」

「じゃ、六かそこらに下がってるな。輸血はイヤだなんて……もう一回吐いたらおしまいだぜ」

「そう思うんですが……」

「マルクスはいみじくも言ったもんだ」

「ハ、何て……？」

「教養がねえな、お前は。〝宗教は阿片なり〟だよ」

「あ……ハア、まさにその通りですね」

「ファミリーは来てるのか？」

「ええ、来てます」

「チッ、こんな田舎にもエホバは入り込んでるのか？　輸血をせんなんて、自殺行為だってこと、かんで含めないとな」

京子が戻って来た。矢野と青木が後を追うように入って来て、医局はにわかに騒々しくなった。

「あ、先生方、早いですね」

青木が野本と丸橋を見て驚いたように声をかけた。

「急患だよ。静脈瘤《ヴァリックス》の破裂《ラプチャー》だ」

青木が驚いて立ちすくんだ。丸橋が振り返った。

「輸血用にラインは取ったけど、どうせしばらく絶食が続くだろうから、中心静脈栄養《IVH》、頼むよ」

「あ、はい……」

「俺は腹ごしらえしてすぐ行く。俺から話があるって、家族に言っといてくれ」

京子がテーブルに置いたサンドウィッチを引き寄せながら野本が言った。

青木が病棟に上がって行くと、当麻と矢野が既にセンターの奥で朝の打ち合わせをしている。青木は第一外科のこうしたミーティングの光景を見る度羨望《せんぼう》に駆られる。第二外科もやりましょうと野本に提案したのがついこの間のことだった。朝は忙しい、それに、狭いセンターで一外と二外が同時に始めたらしっちゃかめっちゃかになる、分からんことがあったらカルテに書いとくか、直接俺に聞きにくればいい、と軽く一蹴《いっしゅう》された。そのくせカルテに野本の見立てと異なる見解を記したり、薬や検査のオーダーに疑問を示すと、「この野郎！」と言わんばかりにバッテンを付される。さては、

「まずは上司《オーベン》の指示に従え!!」

「部下《ウンテン》の分際で人のあげ足を取るようなことを書くな!!」

といった文句が、赤のボールペンで書きつけられたりした。

青木が外来で診て執刀もした虫垂炎《アッペ》による汎発性腹膜炎《パンペリ》の患者のドレーンを抜いた時、翌日のカルテには、

「勝手にドレーンを抜くな!!　オーベンの指示を得てからにせよ!!」

と、エクスクラメーションマークがベタベタと赤ペンで付されていた。患者の退院許可も青木の独断では出せなかったから、回診は苦痛となった。

「そろそろ退院したいんですが……」

と患者に切りだされても、イエスともノーとも言えないからである。「イエス」と言

ったものは「ノー」、「ノー」と言ったものは「イエス」と、後で野本にひっくり返され、青木の面目は丸潰《まるつぶ》れとなること必至だからである。たとえ青木が執刀した患者でも、退院後はすべて野本の外来に来させるよう、これは野本から婦長の平松にしつこく申し渡されていた。医長たる責任感に由来するものならまだしも、どうやらそうではなく、自分の外来にある程度患者が集まらないとメンツが立たぬというひとりよがりな発想に根ざしたものと、周りの者は敏感に感じ取った。武村も似たようなところがあって、そのあおりを食らって矢野や青木の外来は閑古鳥が鳴いていたが、野本になってこの傾向は一段と強まった。

武村の患者はひと足先に赴任した当麻が引き継いだ形になったので、新たな患者も加わり、週二日の当麻の外来日は早々に患者で賑わった。しかし当麻は、入院患者が退院する折は、自分が執刀した患者であれ、矢野に託した患者であれ、退院後の外来通院日を特定することはせず、患者の選択に任せた。強《し》いて問われれば自分の外来日にと言ったが、あるいは矢野先生の診察日でもいいよ、と柔軟な対応を示した。

当麻は、その日に撮ったX線フィルムは、午後診の引ける五時から技師に出してもらい、医師全員で読影会を行おうと呼びかけた。一人の医師の目よりもいくつもの目で見た方が見逃しは少ないし、若い医師や技師の勉強になること、患者により早く情報をもたらせること、等々の利点を挙げた。島田は二つ返事で、それは大層結構なことだ、ついては言い出しっぺの当麻が音頭を取って始めてくれたらいい、と激励し、矢野や青木も一も二もなく頷《うなず》いたが、野本は憮然《ぶぜん》として首を動かさず、丸橋も、内科は主治医制で主治医が適宜見るからいい、と否定的な意見を吐いた。小谷《こたに》はどっちつかずだった。

当麻は構わず有志だけで始めた。島田が時に顔を出して、ウン、これはいい、こういうカンファレンスが自発的に行われるのを夢見ていたんだよ、と目を細めたが、野本、丸橋がまるで出て来ないことを聞き及ぶと顔を曇らせた。

青木にとっては、この読影会が唯一野本から逃れられる憩いの時であり、野本の診断や処置への疑問をぶちまける絶好の機会でもあった。


「〝エホバの証人〟て、死んでも輸血を拒否する人達ですかね？」

廊下で当麻に追いついて肩が並んだところで、矢野は今し方取り沙汰されていた患者のことを話題にした。

「僕もよく知らないんだが、巷《ちまた》の噂ではそうらしいね」

「本当にヴァリックスのラプチャーだとすれば、これは大事《おおごと》ですね。まず九分九厘輸血なしでは対応できないんじゃないですか！」

「そうだね。硬化療法《スクレロ》で逃れられるかだが、それもリスクはあるよね」

「ええ、ウチでやれるとしたら小谷先生くらいでしょうけど、どんなものですかねえ。小谷先生も石橋を叩いて渡る方だから」

当麻はなにやら考え込んだふうに口を噤《つぐ》んだ。矢野は、丸橋がもっぱら野本にしか相談《コンサルト》しないことを愚痴ろうかと思ったが、思い留まった。

二人が上がって行くと、センター内には異様な空気が漂っていた。申し送りの時間だが、それはそっちのけに、一同茫然と立ち尽くしている感じである。その視線のいくつかが流れているセンター前の廊下には、患者の身内と思われる中年の男女が不安気な面持ちで佇《たたず》んでいる。

患者はセンターとつながっている集中治療室《ICU》に収容されていて、今しも青木がIVHに取りかかっている。

「お早う。朝から大変のようだね」

当麻がセンターに足を踏み入れて口を開くや、待ち構えたようにナース達の視線が当麻に注がれた。

「大変も大変。丸橋先生の指示で濃赤液と凍結血漿液《FFP》を二〇単位も用意したのに、家族が輸血は絶対に駄目と言い張って聞かないんですよ」

輪の中心にいた平松が、点滴台にブラ下げられた濃赤液とFFPのパックを示しながら訴えるように言った。

「患者は、どんな人？」

「それが、つい最近まで長いこと内科病棟に入院していた患者さんなんですよ。ウィルソン病とかいう、難しい病気らしいんですが……」

「ウィルソン病……!?」

矢野が当麻の手に渡ったカルテをのぞき込んでいる。

「十八歳……か？」

「肝臓における銅代謝の異常で起こる先天性疾患とありますけど……」

意欲的で勉強家なのを見込まれて、若いが主任に抜擢されている木原紀子が分厚い「医学大辞典」を両手に抱えながら当麻と矢野に歩み寄った。どれどれとばかり、二、三人の看護婦が木原にすり寄った。

「それで全身の臓器に銅が沈着するんだが、若くして肝硬変《かんこうへん》に陥るから早晩食道静脈瘤が出来てしまう。何故か東洋人に多いとされている」

「あ、ホント、そう書いてある。さーすがは当麻先生」

木原がデスクに置いた辞典をのぞき込んでいた前川みどりが、度の強い眼鏡の下で剽《ひよう》軽《きん》に大きく目を見開いた。

「ウワー、大変な病気なんですねえ。目の周りにも銅が沈着する……」

「カイザーフライシャーリング、て言いましたっけ？」

矢野が当麻の目を窺《うかが》うように言った。

「あー、すごーい。矢野先生も何でも知ってるんだ」

哄笑が起こった。矢野は少年のようにはにかんだ。

「どの道、長生きは出来ないみたいですね」

木原が辞典から目を上げて言った。

「ウン。しかし、このまま逝《い》ってしまっては気の毒だな」

当麻はＩＣＵに視線を移した。

「でも、輸血がダメというんじゃ、危いんじゃないですか？」

平松が訴えるように当麻と矢野を交互に見た。

「多分、その点も含めて、野本先生が家族に説明《ムンテラ》するそうだから」

当麻は尚も訴えるような平松の目に言ってセンターの奥へ身を移した。

当麻がナースステーションで第一外科の入院患者のディスカッションを終えて外来に

降りて行くや、入れ替わるように野本がナースステーションに上がってきた。

病棟にあわただしい動きが見られた。

「ＩＶＨは入りましたが、血液《ブルート》、薄いですね。刺入部の出血もなかなかとまらなくて……」

青木が野本に患者の様子を告げている。

「輸血をやっちまうしかないだろう」

ＩＣＵに足を向けながら、野本はクールに言い放った。

「そう思うんですが……」

野本はおもむろに患者を診察した。ぞんざいな診かただった。

患者はうっすらと目をあけて会釈したが、野本は仁王立ちのままその下眼瞼《かがんけん》をめくった。

「真っ白じゃねえか。これでハーベーがいくつだって？」

「七時の時点で七・六です」

青木は胸のポケットからメモを取り出し、ウン間違いない、とばかり顎《あご》をしゃくった。

「七・六じゃ済まねえだろう。下からも出てるんじゃないか？」

「ええ、先ほどタール便を見たようです。でももう、上からは出てないようなので、S・Bが効いてるんじゃないでしょうか」

青木は患者の小鼻をめくり上げんばかり鼻腔から突き出た太いチューブの先をたぐりながら言った。

「典型的なカイザーフライシャーリングが出てますね」

青木が畳みかけた言葉には関心を示さず、

「とにかく、輸血だ」

野本は吐き捨てるように言って踵《きびす》を返しかけた。刹那《せつな》、瞼《まぶた》を閉じていた少女が不意に大きく目を見開き、イヤイヤをするようにかぶりを振った。

「先生！」

青木が野本を呼びとめた。

「何だ？」

野本は不機嫌に青木を見返した。間髪《かんはつ》を入れず、

「輸血は……　しないでください……」

と、少女はチューブのためにかすれた声を振り絞るように言った。

「輸血は、絶対に、駄目です……」

「ダメもクソも……」

野本は相手の言葉尻を捉《とら》えた。

「輸血しなきゃ、死んじまうんだぜ！」

二の句は怒声となり、目は早くもひきつっている。

その時平松がセンターの方から歩み寄ってきた。

野本は顔を引きつらせたまま振り返り、淀んだ目で見返した。

「家族の方たちが、是非先生にお話ししたいと言っておられます」

「フン」

野本は鼻先で吐いて大儀そうに動いた。

廊下の人垣が野本に気付いてザワザワッと窓際に寄った。先刻まで二人であったのが、いつしか五、六人の群になっている。いずれもキチンとしたいでたちで、いかにも善良そうな人相の持ち主たちである。

「何だ？　あんな大勢の人間に話すのか？」

気勢をそがれた格好で、胡散臭《うさんくさ》気《げ》な目を廊下の群に投げかけてから、野本は咎《とが》めるように平松を見返した。

「皆、お身内でしょうかねえ？」

平松が小首をかしげた。

「チッ、そんなことも確かめてないのか」

野本は平松を睨《にら》みすえた。

「ともかく、両親だけでいい。二人を中に入れてくれ。それと、内科の丸橋を呼んでくれ。医局にいるはずだ」

野本が丸橋を求めたのは、「ウィルソン病」の病態についてもうひとつよく知らなかったのと、運び込まれてから現在までのヴァイタルサインをいちいち点検する手間を省きたかったからである。

人の好さそうな五十年配の夫婦が待ちかねたようにいそいそとセンターに入ってきた。

「輸血は駄目なんだって？」

慇懃《いんぎん》に会釈を繰り返す二人に、機先を制する格好で野本は言い放った。

「あ……はい、これを……」

父親があわてて一枚の紙を差し出した。野本はさっさと椅子に腰を落ち着けている。

平松が気を利かして二人に椅子を差し出した。気乗りがしない、といった風情で野本は引ったくるように紙を受け取った。平松がのぞき込んだ。

医療上のお願い

私、大友美雪は、私の健康や命のために不可欠であるとみなす場合でも、私に対して血液及び血液製剤の使用を一切しないようにお願い致します。これは、エホバの証人の一人として、私の信条によるものです。自分の拒絶行為によって生じたいかなる望ましくない結果に対しても、麻酔専門医やその他の医師、病院やその関係者の方々に責任を問いません。

大友美雪

島田院長殿

平成〇年〇月〇日

紙はどこにでもある便箋で、肉筆だった。

「回りくどいな。要するに、死んでも輸血はイヤ、てことだな？」

野本は便箋を傍《かたわ》らの平松に手渡しながら言った。

「はい、そういうことです」

夫が答え、妻が頷いた。

「しかし、これは本人の自筆じゃないね。あんた方が勝手に書いたものだろ？」

「ええ、娘はああいう状態で、とても自分では書けませんから。しかし、娘も私達と同じエホバの証人ですし、娘の意思をそのまま代弁代筆したものと思って頂いて結構です」

「そうはいかん」

野本は突き放すように返した。

「まだ二十歳前だが、自分で判断を下せる年齢だ。本人がここに書かれた通りでいいか、確認を取らせてもらう」

「それは一向に構いません。でも、娘は、それを読めるような状態でしょうか？」

「意識がない訳じゃないから読めるだろ。すぐに見せてくれ」

野本は平松を促した。

「何でしたら、私共も立ち会わせて頂ければ……」

平松が腰を上げたので大友美雪の両親も腰を浮かしたが、野本は「いや」とばかり制した。

「親の前じゃ子供はいい子振ろうとして、本音をさらけ出さんかも知れん。遠慮してもらった方がいい。それに間違いないか、読めなければ読んで聞かせて患者の意思を確認してくれ」

野本は立ち上がった平松に早く行けとばかり顎をしゃくった。平松は何事か訴えるような眼差《まなざ》しの両親をチラと流し見やってから踵を返した。

入れ代わるように、丸橋がノソッと入って来た。髪は乱れたままで所々逆立っている。いかにも寝不足です、といった顔つきで野本の横に腰を落とした。

「病気と、出血の理由については君の方からムンテラしてくれるよな？」

渡りに舟とばかり野本は丸橋に目配せした。

「ええ、ついこの間まで入院してましたから」

丸橋は緩慢な動きで立ち上がって机の上の袋から何枚かのフィルムを取り出し、シャウカステンにかけた。

「入院時で、一カ月前の写真です」

「これのムンテラは？」

「両親には、一度、見せてます」

大友夫妻はシャウカステンを見やってから互いに頷き合った。

「じゃ、もうお分かりだろうが……」

と野本はシャウカステンに椅子ごと身を寄せてからCTのフィルムの一点を指さした。

「肝臓がカチカチに硬くなって萎縮している、つまり、立派な肝硬変になっちゃってる。で、その二次的現象として」

野本は隣の食道透視のフィルムに指を移した。

「食道に、こんな風に、ミミズ腫《ば》れみたいに静脈瘤《じょうみゃくりゅう》がるいるいと出来てしまっている。今回は、とうとうそのどれかが破裂してしまった訳だ」

「はい……」

夫妻は神妙な面持ちでフィルムを見すえた。

「応急処置で何とか止めているが、大分出ちまったから、正常人の半分の血しかない。これ以上出血したら、輸血をしないことには命の保証は出来ない」

「はい……でも、何とか、輸血だけはしないで、助けてください」

野本は絶句した。廊下からセンターのガラス窓にへばりつくようにしてこちらの様子を窺っているいくつもの視線が気になったのか、咎めるような目をチラとそちらへ流した。

「何度も説得したんですがねえ。駄目だと言い張るんです。ブルートは取り寄せてスタンバイなんですが、ストップをかけられて……」

丸橋がいまいまし気に言った。

それには軽く頷いただけで、

「廊下の人達は、お身内？」

と、野本は、半分カウンターの窓に視線を流しながら両親に問いかけた。

「いえ……信徒仲間ですが、身内同然です」

「フン」

鼻先で吐くと、何かが吹っ切れた顔つきで丸橋を見返した。

「ま、さっきの、誓約書だか何だか知らんが、あそこまで言い切ってるんだから、何をか言わんやだろう」

「そうですね」

丸橋は脂汗の浮き出た鼻の頭を指で一撫でして、頷いた。

野本は肩を落としている夫妻に向き直った。

「今、鼻から入っているチューブだが……」

「はい……」

医者の改まった口吻《こうふん》に、二人は怯《おび》えたように背を立てた。

「こちらの先生から説明を受けたと思うが、アレも四十八時間、精々七十二時間が限界でね。一旦はずさなきゃならん。問題は、その時だ。またぞろ出血してくるようだと、もはや助け様がない。イチかバチかで手術という手もなきにしもあらずだが、輸血がダメと言うんじゃ元より論外。我々としては、手を拱《こまね》いて黙って見ている他ない。見殺しにするようなものだが……」

その時、平松が戻ってきた。振り返った野本と丸橋に、平松は「駄目です」と言うように首を左右に振った。

「何だ、それで異存はない、てのかい？」

「ええ、ちゃんと読めたかどうか分からないので、読んでも聞かせ、これでいいのね、と確認しましたが……」

大友夫妻は顔を見合わせ、互いをいたわるように目を見交わし、頷き合った。

「仕様がない。ま、そういうことで、一両日は保存的に見ることにしよう」

野本は平松が手にした「誓約書」を指さした。

「院長にもしかと見せておいてくれ」

後はもう何も言うことはないという素振りで、野本は腰を上げた。大友夫妻は何かまだもうひとつ物足りないといった顔つきで野本の目を追ったが、野本は素っ気《そけ》なく視線

をかわし、

「さ、回診に行くぞ」

と居丈高《いたけだか》に言った。

「申し送り、まだ終わってませーん」

ひとり立ったまま申し送りをしていた木原典子が、横目に野本を流し見やって口を尖《とが》らせた。

「チンタラチンタラやっとらず、さっさと終われよ」

木原はプッと頬をふくらませ、聞き手に回っている日勤の看護婦達も眉をひそめた。

平松が鶏を追うようなゼスチャーで、まあまあ、さあさあとばかり一同に目配せした。

大友夫妻は腰を上げる気配もなく、もう少し話を聞きたいという目で丸橋に目を凝らした。

「元々の病気が病気だからね」

丸橋も既に逃げ腰でいる。半分後退《あとずさ》るようにしながら、二人の視線をかわした。

「今回のことがなくてもね、寿命はもう、ある程度知れていた訳だから」

丸橋の素っ気ない言い草に、とりつく島もないといった面持ちで、祈るように手を合わせると、夫妻は立ち上がった。

一か八か

当麻が島田の部屋に呼ばれたのは翌日の夕刻だった。

「君はエホバの証人のことを聞いたことはあるかね？」

二人を隔てるテーブルの上に大友美雪のカルテが載っている。逸早《いちはや》くそれと気付いたが、呼ばれた理由がそれとどう関わるのか当麻にはまだ解《かい》しかねた。

「いえ、よくは知りませんでしたが、今回、この患者のことで色々取り沙汰されているのを見聞きして、初めて身近に感じました」

「ああ……」

と島田は、相手の目に促《うなが》されるようにカルテに手を伸ばした。

「大変な患者でね。ウィルソン病という珍しい病気で、十三、四歳で発病し、ここ二、三年グングン悪くなったらしく、今回はまさに大団円という感じで静脈瘤《ヴァリックス》の破裂《ラプチャー》を起こしてきたらしい……」

「予断を許さぬ状況のようですね。今日のHb《ハーベー》はいくらになってますか？」

「……野本君の患者だが、君も知ってたんだね？」

カルテを繰りながら島田は半分上目遣いで当麻を見た。

「ええ、集中治療室《ICU》の患者ですから、おのずから目が行きます」

「ああ、六・五だねえ」

カルテを繰《く》る手を止めて島田は言った。

「じゃ、昨日より下がってますね。点滴で薄まったのかも知れませんが……」

島田は眉間に縦皺を寄せた。

「どうかな、オペなどもはや論外かねえ？」

「そうですね。助けられるとしたら、唯一、肝移植しかないと思いますが」

「カンイショク……!?」

島田が眼鏡の奥で目を瞬《しばたた》いた。

「ピッツバーグにいた時、一、二例見ました。それ以前にもスターツルは、ウィルソン病の小児を肝移植で劇的に治しています」

島田はもうひとつ目を瞬いた。

「確か、第一例目は一九八〇年前後で、十三歳の少年だったと思います。ウィルソン病の本態は不明とされていたのが、銅代謝の異常をもたらす元凶が肝臓にあることを、彼はこの移植の成功で実証しました」

「で、その少年は生きているのかね？」

「ええ、健在と聞いています」

「ほー。しかし、日本じゃまだ夢のような話だな」

「そうですね……」

当麻の視線がカルテに落ちた。

「残念ながら、この娘さんは輸血がダメということですから、肝移植は絶対に無理です。昨日でしたか、彼女の話を耳にした時は、これはもう肝移植しかないなと思ったんですが……」

「なるほど。肝移植には相当輸血が必要なわけだ」

「ええ、時に二〇〇単位」

「二〇〇単位……！　と言うと、四万ccも……？」

「いえ、あちらは一単位四〇〇ccですから、八万ccですね」

「ええっ！　そんなに輸血したら、播種性血管内凝固症候群《DIC》は必発じゃないのかね？」

「そうですね。時にはそういうことも。しかし、それでも助かった例はあるのです。人間の生命力の逞《たくま》しさに驚かされたものですが」

島田は信じられぬといった顔つきで当麻を見た。そうか、肝移植という、自分には想像も出来ない先端医療の現場をこの男は見てきているのだ。

「ところで、その患者のことだが……」

と島田は当麻がテーブルの上のカルテに手を伸ばしたのに気付いて我に返った。

「幸か不幸か、患者は丸橋君から野本君の方へ回ったようだが、風船で出血をおさえる他打つ手はない、それも二、三日が限界、今度出血したら万事休す、おしまいだ、と、にべもない言い方をしたらしい」

「事実、その通りかもしれませんが……」

「しかし、親としては、ひとり娘でもあり、このままでは何としても諦められん、出血死だけは免れたい、という気持ちでいっぱいらしい。何もせず、手を拱いているくらいなら、たとえ手術中に万が一のことがあっても、それはそれとして諦めるから、何とかもう少し手を打ってもらえないか、ついては野本先生が駄目なら当麻先生にお願い出来ないか、と、今朝方早々に、訴えて来たんだ。これは昨日平松が持ってきたものだが……」

島田は立ち上がって机の引き出しを探り、件《くだん》の「医療上のお願い」を手にソファに戻ると、それを当麻に差し示した。

「宗教もね、そこまで行きつくと、信仰と言うより、狂気に近い気がするが……」

当麻は無言で「医療上のお願い」に見入った。

「オペよりも、まずは硬化療法《スクレロ》でしょうね」

ややあって当麻は顔を上げた。

島田は訝《いぶか》るように見た。

「私も関東医科大では何度か見ましたが、スクレロは消化器内科医の領域ですから手が出せなくて、自分で手がけたことはないのです。ここでは、小谷《こたに》先生がやられるそうですね？」

「しかし、彼もねえ、よく言えば慎重、悪く言えば臆病なところがあって、なかなか難しい人なんだ。全身状態《プアリスク》が不良の患者は余り引き受けたがらんのだよ。一度スクレロで穴をあけたことがあってね、縦隔炎《じゅうかくえん》を起こしてそれはまあ大変だった。幸い一命はとりとめたが、以来、どうも引っ込み思案になっちゃって……。アレも一回では潰《つぶ》し切れんようだしね？」

「ええ、三回か四回、時に、それ以上やってたケースもありました」

「それを彼は、一、二回でもういいでしょう、これで様子を見ましょうと、適当にお茶を濁《にご》してしまうらしい。矢野君なんか時々ぼやいていたが」

「そうですか……」

当麻の目がかげった。

「それじゃ、ちょっとやって頂けないかも知れませんね。でも、一度、お願いするだけしてみたらどうでしょうか？」

「彼が二の足を踏んだら？」

「S・Bチューブを一旦はずしてみてはどうか、というところでしょうね」

「で、もし、再出血したら？」

もどかし気に島田は畳み込んだ。

「その時はもう一度家族の方と話して、一か八かでオペに踏み切るか、改めて相談でしょうね」

「野本君はオペは無理と端《はな》からきめつけてるが……」

「勿論《もちろん》、リスクは高いです。五〇〇cc以上出血したら危ない状況だと思います」

「相当出血傾向もあるようだし、五〇〇cc以下の出血で抑えるのは至難の業《わざ》じゃないかね？」

「食道離断術は危険だと思います。時間もかかり、出血もそれに見合って多くなりますから。それに、縫合《ほうごう》不全も懸念されますし」

オペの術式のことは島田にはよく分からないだろうが、高度の技術を要する難度の高いものだとは想像できるはずだ。

「そう言えば」

島田に一つの記憶が蘇《よみがえ》った。

「ウチの医事課で働いているスミレ君の父親が大量の血を吐いて運ばれてきたことがあった。肝硬変《かんこうへん》で、食道静脈瘤《しょくどうじょうみゃくりゅう》の破裂だった。緊急手術になったが、どういうオペをしたのか……結局駄目だったんだがね」

「出血は止められたが肝臓そのものが駄目になったんでしょうね。この患者も、出来るだけ侵襲の少ないオペで済ませないとその危険性は多分にあります」

「しかし、ヴァリックスのオペで侵襲の少ないものなんてないんじゃないかね？」

「そうですね。比較的少ないのは、シャント術でしょうね」

「シャント……？」

その言葉の意味自体は、島田の領域である循環器系でも日常卑近に使われるから分かるはずだが、分野を異にした領域での意味は解《かい》しかねるようだ。

「つまり、エック瘻《ろう》のことですが……」

「フム……」

「エック？　ああ……」

遠い昔、医学生時代に講義でその名を聞いたことがあるよ、と島田は言った。

「エック瘻は本来、門脈と下大静脈《かだいじようみやく》間シャントですが、私はそれよりも脾腎《ひじん》静脈間シャントがいいのではないか、と考えています」

「その手術だと、侵襲が少ないのかね？」

脾臓《ひぞう》と腎臓《じんぞう》の位置関係を頭に浮かべるように視線を宙にやって島田は尋ねた。

「ええ、直達術に比べればまだしも、というところですが、神経は使います。特にこの患者さんの場合は、五〇〇cc以上出せないというハンディを背負ってのことになりますから」

「……でも、どうだろう。本人や家族が、駄目もとでいいからやってくれと執拗に求めたら、引き受けるかね？」

「はい」

「えっ、引き受ける？」

島田は聞き違えたのではないかと問いを重ねた。

「やってみます」

当麻は毅然として首を縦に下ろした。

「主治医は野本先生ですから、一応野本先生の了解を頂かないといけませんが」

「しかし、彼は最初からオペを放棄してるんだから、この患者には固執しないだろう。むしろ、厄介払いができて幸いと喜ぶんじゃないかね」

「よそに回すならいざ知らず、内部の人間がすると言ったら、プライドを傷つけられる、と考えられるかも知れません」

島田は苦笑して見せた。

「野本君にそこまでのプライドがあればね、何をか言わんやだが……ま、そんなことは気にかけることはない。それより、私が心配なのは、この手の誓約書があったとしても、万一不幸な転帰をたどった場合、家族がおとなしく引き下がってくれるかどうか、という点と、野本にあげ足を取られやしないか、むしろ、そっちの方なんだがね。いかに君のウデをもってしても、勝算は五分五分か、ひょっとすると、それ以下だろうからね」

「そうですね」

当麻はかげりかけた島田の目を悪びれず受け止めた。

「私もこのハーベーでメジャーのオペに踏み切ったことはないので何とも言えません。ただ、このまま死を待つよりは、やるだけやったという方がご両親も諦めがつくでしょうね」

「しかし、こういう考え方もある。病室で死ぬのはまだ納得出来るが、一度メスが入って手術台で息を引き取るとなると、当事者は勿論、第三者の心情にも大いに違うものがあろう、と」

「ごもっともです」と当麻は頷《うなず》いた。

「実はね」

と島田が改まった面持ちで言った。

「エホバの証人を病室でみとった経験はあるんだよ」

当麻は目を見開いた。

「あまりいい思い出じゃない。しかし、家族は納得した。この患者くらいの年頃の娘《こ》だった。白系ロシア人みたいに、それはそれは目の覚めるように色の白い綺麗な娘だった。その雪の顔容《かんばせ》に打ち身のような出血斑が見られるようになって……やがて白血病と分かったんだが、両親は化学療法も断乎拒んでね。汎血球減少症《はんけっきゅう》を起こすから輸血は絶対必要だ、と説明《ムンテラ》したら、もう何もしないで結構です、私共の自然食療法その他で頑張ります、と言うんだ。血液専門の医者に紹介しようとしたんだが、どうせ言われることは同じですからここにいさせてくださいと言って頑《がん》として動かない。他の医者やナース達がブツブツ言うのをなだめすかして彼らの希望通りにしたが、正直言って良心が痛んだ。

俳優の渡辺謙じゃないが、然《しか》るべき治療をすれば、白血病は昔ほど悲観的な病気じゃなくなってるし、長期の緩解だって得られるからね」

「いつ頃のお話ですか？」

「一年ほど前かな？　亡くなったのが半年前、つまり、わずか半年であえなく逝《い》ってしまったんだが、最後はミゼラブルだった。アチコチから血が吹き出してね、正視に耐えなかったよ」

「では先生としては、エホバの証人は招かざる客、というお気持ちが強いですね？」

「そうだね。輸血を考えなくても治療の余地はある、というんならまだしもだが。そういう意味で、エホバの証人を引き受けるには、それなりの覚悟がいる。だから君にも無理はして欲しくない、と思ってね」

「でも、この患者がこのまま出血死するようなことになったら、今のお話の娘さんを看取ったと同じ悔いが残りそうですね」

「そう、そういう意味でね。どの道駄目なものなら、一か八かで、五パーセントでも十パーセントでも出血死だけは免《まぬが》れる手だてを講じてあげたい、とは思うんだよ。オペを拒絶しているわけではないんだから」

「分かりました」

当麻の中で、何かがふっ切れた。

「ご家族に、私でよろしければお引き受けする旨、伝えてください。ただし、その前にスクレロの件、一度小谷先生に打診して頂けたらと思いますが、それと、野本先生の了解も是非お願いします」

島田は一旦口ごもったが、おもむろに二度、三度ゆっくりと頷いた。

薄氷を踏む

当麻が部屋を出た後、島田は一息入れて、すぐに野本を呼んだ。

事と次第を聞き終えるまでもなく、野本は仏頂面を作った。

「あの患者にオペを、それも無輸血で敢行するなんてのは、外科医のモラルに反すると思いますがねえ。当麻君が敢えてするというのは、何か功名心に駆られてのことでしょうが、無謀過ぎますよ。下手すれば術中死《ティッシュ・トート》になりかねませんからね」

予期した反応だったから、半分は聞き流した。

「でもまあね、家族がそれでもいいと断言しているのだし、他に出血死を防ぐ手だてがない以上、やむを得んと私も考えたんだが」

「しかし、一体どういうオペをやるというんですかねえ？　五、六百も出たらアウトですよ」

当麻君はこれこれのオペを考えているらしい、と島田が説明すると、野本は唇を歪《ゆが》めた。

「バイパスなんて、一昔前のオペですよ。それも、ポルト・ケイバルならまだしも、スプレノー・リーナルなんて、危険極まりないと思いますがねえ。どうやってつなぐつもりか知りませんが。何せ脾静脈《ひじょうみゃく》は膵臓《すいぞう》の裏に這いつくばってるんですからなあ」

そう言われてみれば確かに危険な手術のように門外漢には思えてくる。

「当麻君も、無論手放しで引き受けようという訳じゃあない。リスクは充分踏まえた上で、一分の勝算に賭けようとしてるんだからね」

野本はタバコを取り出したが、灰皿が無いのに気付いてすぐに引っこめた。

「ま、ファミリーが切にそう望むなら、私としては何をか言わんやです。下手すれば裁判沙汰にもなりかねんことですから、外科内部の問題に留《とど》まらないと考え、エホバの誓約書みたいなものを先生にも預けた訳で、後は院長の判断にお任せしますよ」

野本は体《てい》よく逃げた形になった。彼は二度と大友美雪の病棟に近付かなかった。

硬化療法《スクレロ》の適応かどうか、青木は小谷《こたに》への打診に走った。

小谷は病歴と検査データに目を通すなり、渋面を作って首を振った。

「スクレロも、モノによっては傷口を広げちゃうこともあるからね。輸血をなんぼやっても構わないと言うんならいざ知らず、ただの一滴も入れられないんじゃあ、とてもとてもお引き受け出来ないよ」

それから小谷は諄々《じゅんじゅん》と諭《さと》すように、スクレロの合併症とリスクについて青木に講釈を垂れた。

かくして選択肢の一つは消え失《う》せた。

翌日、野本の指示で青木は恐る恐るS・Bチューブのバルーンを弛《ゆる》めた。

一日は何事もなく経過したように思えた。だが、その翌日、止まっていたタール便が再び出始め、Hb《ハーベー》は六・〇に下がった。青木は小谷に内視鏡での出血点の確認を依頼した。

「タール便が続いてハーベーも下がってんだ。出てること間違いないよ。止めるためにやるならいざ知らず、出血点の確認なんて無意味だろう。カメラの刺激でまた大吐血を起こしかねんからね。もういっぺんバルーンを膨《ふく》らませ、当麻先生がやると言うんなら早いうちにオペに踏み切った方がいいんじゃないか」

青木は小谷の言葉を当麻に伝えた。

「ウン、潮時だね。これ以上ハーベーが下がったら、永久にオペのチャンスは失いそうだ。明日、やることにしよう」

青木は当麻の決断に身ぶるいを覚えた。本当に、こんな薄氷を踏むようなオペを引き受けて大丈夫なのだろうか、という思いが胸をよぎった。ハーベーが六・〇でメジャーのオペに踏み切るなど聞いたためしがない。少なくとも一〇・〇以上にしてから、それも、輸血の備えをしてからやるのが常識だ。

(いくら当麻先生でも、これはもう無謀以外の何ものでもないんじゃないか)

「ヤケドは負ってみんと痛さは分からんさ」

当麻先生は本当に勝算があるんでしょうかねえ、と青木が漏らすと、野本は野卑なうすら笑いを浮かべてこう言った。

「それもな、ヤケド程度で済めばいいが、とんだ墓穴を掘りかねんさ」

青木は当麻に対する野本の並々ならぬ敵愾心《てきがいしん》を感じた。

(でも、残念ながらこの人は、当麻先生の敵じゃないな)

幸か不幸か、明日は二外の手術予定はない。いや、ここ一週間ずっとない。局麻でアテロームや脂肪腫《しぼうしゅ》を取るくらいで、手持ち無沙汰もいいところ、いい加減フラストレーションがたまっている。

（当麻先生がどんなオペをするか、これはもう絶対に見逃せないぞ！）

何が何でも見に行かなければと身構えていた。

ところが、当日になってこの当てがはずれた。

外科の午前診は野本の担当だったが、昼前には早々と患者がひけ、野本が手持ち無沙汰になって立ち上がりかけたところへ救急車が入ったのだ。

患者は六十歳の男性で、早い昼食を摂《と》った後突然激烈な腹痛に見舞われ、腹を抱え込んで畳に突っ伏した。どこがどうなのかと家人が尋ねても患者は答えられない。体をくの字に折り曲げたなり、七転八倒のあがき様で取りつくシマがない。何か重大な事態が発生したに相違ないと思いこんで急遽《きゅうきょ》救急車を呼んだという。

搬送されて来た時、患者は依然として横向きで腹に両手をあてがったまま〝く〟の字の姿勢を解こうとしない。

「それじゃ診察出来ないよ。真っすぐ上を向いてみな」

野本は青木にも手伝わせ、強引に患者の右肩を押さえつけて仰向けにしようとする。

患者があらがうのにたちまち苛立って、

「あんたら、ボケッとしてないで手を貸しなよ」

と、オロオロするばかりの初老の妻と嫁らしい若い女をどやしつけた。

「あ、はい……。お父さん、先生が診なさるから、こっち向いて……」

妻は必死で呼びかけた。だが、患者は苦痛に顔をゆがめたまま二人の女の説得に屈した格好で身をよじる。

野本は腹にあてがった患者の手を、有無を言わさず振りほどき、強引に腹を探る。患者はウッと呻《うめ》き声を上げた。

「胃の病気は？　やったことない？」

目のあかない本人との会話は初めから諦めた格好で、夫の肩を押さえつけている妻に咎《とが》めるような視線を投げた。

「若い時分に潰瘍《かいよう》を患《わずら》ったことがあるとは言ってましたけど、最近はついぞ……」

「フム」

野本は鼻先で吐いた。

「最近も時々痛がってたんじゃないのかい？」

「いえ、この頃はそんなことは……」

「ない？　そうかなあ？　あんたらに訴えんだけで、本人は我慢してただけかも知れん」

「胃が、悪いんですか？」

妻は誘導尋問にかかったように問いただした。

「胃か、さもなければ十二指腸《じゅうにしちょう》か、いずれにしてもどっちかに穴があいた公算が高いな」

「穴があいた、と申しますと……？」

「つまり潰瘍があって、そこが深く掘れ過ぎちゃったんだよ」

「すると手術をしなければ……？」

「ああ、多分な。ま、大至急検査はしてみるが、九分九厘そのつもりでいて欲しい」

「あ、はい……。それまで、この痛みはおさまらないのでしょうか？」

「痛み止めを打っちゃうと肝心の所見がマスクされちゃうからこらえてもらってるんだよ。ま、汎発性腹膜炎《パンペリ》に間違いないから、いいだろ。ソセアタを打ってやってくれ」

「何ミリですか？」

上体を海老のように折り曲げている患者の脈をとり、血圧を測ろうとしていた看護婦が、聴診器をはずして振り返った。

「ソセゴン三〇、アタP五〇だ。血圧は測れたのか？」

「いえ、腕を伸ばしてくれないので、なかなか……」

「体温は？」

「六度八分です」

「えっ……そんなもんか？」

訝《いぶか》る野本へ、看護婦はムッとしたように、患者の脇から引き出したばかりの検温計を突き出した。

「……パンペリだからな。もう少し上がってもいいんだが。きちんと脇に挟んでなかったんじゃないか？」

野本は検温計のデジタル表示の数字を見やりながらしきりに首を捻《ひね》る。看護婦は聞こえぬ振りをして救急薬品の入っている壁際の戸棚に向かった。

午後二時からパンペリのオペをする、麻酔医を手配しろ、との野本からのメッセージを、青木は複雑な思いで受け取った。

オペそのものは嬉しいが、当麻のオペは見られなくなる。もう少し時間をズラしてくれればいいのにと恨みがましく思ったが、パンペリとなればそうも言っておれないかと思い直した。

ところが、病棟に担送されて集中治療室《ICU》におさまった患者を見に行った青木は、たちまち狐につままれたような気がした。

七転八倒の苦しがりようだった患者が、嘘のようにケロッとしている。腹部を触診しても、全体に柔らかく、どこにも圧痛を訴えない。血圧、脈拍、呼吸等のヴァイタルサイン、すべて問題ない。

外来から上がってきた血液データでは、白血球が一万とやや高い程度である。

（パンペリにしては少な過ぎる！　それに、熱がないというのがおかしい！）

GOT、GPTが三桁に上がっているのも疑問だった。

（おかしいなぁ。胃じゃなくって、胆石じゃないのかなあ？）

青木のこうした疑問は、胸部と腹部の単純写真をシャウカステンにかけた時、極点に達した。ひとしきりそれらを睨《にら》んでから、ひっぱがすようにしてフィルムを手に取ると、一目散で医局に駆け込んだ。

野本はいつものようにソファに背をもたせて新聞を広げていた。赤岩、田巻、丸橋らが、午睡を貪《むさぼ》ったり野本と同じように新聞や週刊誌を広げている。

「何だ？　どうした？」

息を弾ませて傍《かたわ》らに立った青木を、野本は胡散臭気《うさんくさげ》に見上げた。

「麻酔の手配がうまくいかんのか？」

「いえ、麻酔はまだ頼んでません」

「なにィ！」

野本が新聞を膝へ落とし、目を吊り上げた。

「何をボケボケしとるんだ！　オペは二時からだぞっ！」

赤岩と丸橋が、野本の怒声に旨寝《うまい》を破られたようにうっすらと目をあけた。

「でも、先生、これをご覧になりましたか？」

「何だ、単純写真《プレイン》のことか。それが、どうした？」

野本は青木が宙にかざした二枚のフィルムをひったくるようにつかみ取った。

「フリーエア（胃や大腸が破れて腹腔《ふっくう》内に漏れ出た空気）がないんです。パーフォレーション（消化管に穴があくこと）ではないんじゃないですか？　患者もケロッとしてますし……」

「お前はまだ青い。名前の通りだよ」

野本が口もとを歪《ゆが》め、皮肉な笑いを浮かべながら、フィルムを胸もとに突き返した。

赤岩と丸橋が「ヒヒヒ」と笑った。田巻は聞こえぬ振りをしている。

「パンペリだからと言っていつもフリーエアが写るとは限らんっ！　ピンホール程度なら出んことはいくらでもあるっ！」

「でも」

青木はすかさず返した。自分の名前がギャグに使われたことで頭に血が昇っていた。

「もしピンホール程度でしたら、オペをしなくてもNGチューブで減圧し、絶食と安静で治るんじゃないですか？　少なくとも最近の趨勢《すうせい》はそうなっているようですが」

野本は新聞をテーブルに投げ出した。こめかみから額に険が立っている。

「お前はそれでも外科医か！」

「はい、外科医です。まだ駆け出しですが……」

「パンペリを保存的に治そうなんてのは内科的発想だ！　穴が塞《ふさ》ぐまで二、三週間も絶食させるのか？　元々潰瘍はあるんだぞっ！　今回はたまたま穴が塞がったとして、また再発せんとも限らん。この際根本的に治してやった方がよっぽど親切というものだ。そう思わんか、えっ？」

赤岩と丸橋は一旦耳をそばだてたようだったが、またすぐソファに首をもたげて眠った振りをきめ込んだ。

「しかし、外科医だからと言って何でもかんでも切る方へ持っていくのは……外科医なればこそ、慎重に事を構えるべきではないでしょうか？」

「言ってくれるじゃねえか」

野本はソファの上に大きく腕を広げ、目や鼻の脇に汗をにじませて血走った目で自分を見すえている若者を斜めに流し見た。

その時、京子の机の電話が鳴った。二人のやり取りに息をひそめていた京子は、救われたように受話器を取った。

「野本先生、総婦長が患者さんのことで今こちらへ伺うそうです」

それには答えず、野本は蛙を見すえる蛇のような目で青木を睨んだ。

「お前は救急でかつぎ込まれてきた時の患者を診とらんからそんな理屈をこね回して悦に入っとるんだ。俺が診た時、患者の腹はカチカチだったんだからな」

「……でもそれは、パーフォレーションでなくても有り得るんじゃないですか？」

「たとえば何だ？」

「たとえば……　胆石とか、急性膵炎《すいえん》とか……」

「エコーで石はないっ！　胆嚢《たんのう》も腫《は》れとらんし、膵臓も正常だっ！」

「でも、パンペリにしては熱がありませんし、白血球がもうひとつ上がってないのはどうしてでしょう？　一方で、GOT、GPTが上昇しているのが気になります」

「フン、パンペリもな、起こりかけはそんなもんだ。GOTなどは随伴性に上がったって不思議ではない」

その時平松があたふたと入ってきたが、その場の殺気立った空気に一瞬立ちすくんだ。

「俺に用事か？」

野本は京子の背後で棒立ちになった平松に流し目をくれた。

平松は思い切ったように京子の前に足を踏み出し、一気に野本の方へ小走った。

「先ほど入られた今泉さんですが、もうスッカリお腹の痛みが取れたから、手術は見合わせて欲しい、て言ってますが……」

「バッキャロー！」

野本の怒声が淀んだ空気をつん裂いて響き渡った。赤岩と丸橋が薄目をあけて顔をしかめた。

「痛みが引いたのはソセアタのせいだっ！　そんなことくらい分からんのかっ！　いい年こいて子供の使いじゃあるまいし、患者の言うことを真に受けてそのままハイハイと伝えに来るなんぞ、それでもあんたは総婦長かっ！」

平松の顔がひきつって能面のように固まった。

「しかし、先生」

見かねて青木が助け舟を出した。

「いくら鎮痛剤を打ったからと言って、パンペリでお腹があんなに柔らかくなるのはおかしいと思いますが。それに、患者がケロッとしてしまうのも……」

「どんくさい野郎だな、お前達は！」

野本は上体をふるわせ、テーブルを打ち叩いた。

「疑わしきは罰せよ——これが外科の鉄則だ。ツベコベ言っとらんと、早く麻酔医の手配をしろっ！」

「先生がどうしてもオペをなさるというなら、それはそれで結構です」

血の気の引いたまま、唇をかすかに震わせながら、平松がようやく我を取り戻したように口を開いた。

「でも、後で色々問題が起きると困りますから、もう一度先生からよーく説明《ムンテラ》して患者を説得して頂けませんか」

「ムンテラはもうしてある」

言い放って野本はタバコを取り出したが、ライターを握った手が小刻みにふるえている。

「潰瘍が破れて胃に穴があいた。だから穴を塞がなきゃいかん。それ以上何を言うことがある？　オペは極めて簡単だが放っておけば命取りになる——それでファミリーは充分納得したんだ」

「ええ、でも、その家族の方も、本人がもう何ともないから帰ると言って聞かない、もう一度先生からよく言い聞かせて欲しい、と訴えてきているんです」

野本はやたらタバコを吸い、煙を吐き出した。

「俺はもう行かん」

野本はタバコの吸いさしを灰皿にこすりつけた。

「どうしてもと言うなら、青木、お前が行ってちゃんとムンテラして来い。痛みが引いちまえば、誰だってオペを嫌がる。それをなだめすかして言いくるめるのも医者のウデの内だ」

「さっき言った保存的療法で半日か一日様子を見る、というのはどうしても駄目なんでしょうか？　今日は当麻先生の方もエホバの証人のオペがありますし、ナース達も神経を尖《とが》らせてますので……」

「待てんと言ったら待てんのだ！」

一旦鎮まったかに見えた癇癪《かんしゃく》がまた爆発した。野本の手がブルブルとふるえ始めている。

「こっちだって、放っとけば、命取りになりかねんのだっ！　並列がイヤなら当麻君の方を後にしろっ！」

平松と青木は「お手上げ」という顔で視線を交し、どちらからともなく踵《きびす》を返した。

二外のオペが加わって、オペ室はパニックに陥った。大友美雪の入室は一時半でもう迫っている。

「二時執刀なんて無理ですよ。せめてもう三十分遅らせてください」

紺野は、頑《かたく》なに同時入室を拒んだ。

「丁度いいよ。今から二時なんて、近江大の方だって間に合いっこないから。二時半でも無理かも知れない。まあ、駄目元でかけてみるけどね」

青木は気乗りのしない様子で受話器を取り上げた。

果たせるかな、午前の手術が長引いていて、麻酔医はまだ誰も手があいていない、どんなに早くてもこちらを出るのは二時になるだろうから、飛ばしてもそちらへ着くのは三時過ぎ、ゆとりをもって三時半開始なら何とか、との返事であった。

青木は医局に電話を入れた。医局に電話は二つあるが、青木は決まって秘書の机の上のそれにかける。束の間でも京子の声が聞こえるからである。

「野本先生は、お休みになってますが……」

京子が声をひそめて返した。

「構わないから、起こして」

(人に何もかも押しつけて、まったく、いい気なもんだ)

青木は腹の底に吐き捨てた。

ものの三十秒も待って、野本の不機嫌な声が受話器にこもった。

かくかくしかじかで、と青木は手短に話す。「チッ」と舌打ちが、これはハッキリと聞こえた。

「挿管ぐらい、お前でも出来るだろう?」

半分眠ったような声で野本が続けた。

「出来なくはないですが……自信はありません」

「挿管なんてどうってことない。やってみろ。駄目なら隣の麻酔医に挿管だけ頼め。人工呼吸器《レスピレーター》につないじまえばおしまいなんだから」

有無を言わさぬ調子で一気に喋ると、返事は不要とばかり受話器を置いた。

「ああ、もう、横暴極まりないよ」

やり場のない鬱憤《うっぷん》がつい声に出る。同情に耐えぬといった顔で、平松が頷いてみせた。

「仕方がない。麻酔は僕がかけるけど、患者さんの入室は二時過ぎでいいよ」

最後は捨て台詞のように吐いて、青木は憤然とセンターを出た。

大友美雪のハーベーは五・八にまで下がっていた。ここで一気に五〇〇ccも出血したら確実に生命の危険に曝《さら》される。

「お母さん、この雪、もう見納めかも知れないわね」

ＩＣＵを出る時、部屋の窓からわずかにのぞく外の景観を見やりながら美雪が言った。鼻孔の一方を塞いでいるＳ・Ｂチューブのために声がくぐもっている。

「大丈夫よ。当麻先生がきっと助けてくださるから」

母親は娘の小さな青白い手を握りしめた。

「あなたがこの病院へ運ばれたことも神様のお導きよ。他の病院だったら、たとえ大学病院でも手術を引き受けてはくれなかったでしょうから。本当に、奇跡的なことよ」

「当麻先生は、〝証人〟じゃないんでしょ？」

「ええ、多分……。でも、神様が私達のために遣わしてくださったお医者さんよ」

美雪はコクリと頷いた。

「当麻先生のね……」

「ウン？」

「目がとっても綺麗」

「そうね。ちゃんと見てるのね。当麻先生も、美雪ちゃんの目は澄み切ってとっても綺麗だって仰《おつしや》ってたわよ」

「ホント?」

「あなたのその目が閉じてしまって見られなくなるのは寂しいし忍びないから、全力を尽くして助けたいって」

美雪の目がみるみる潤み、目尻から大粒の涙が溢れ出た。頬に伝い流れたそれを、母親はそっと指で拭ってやり、そのまま頬を撫《な》で続けた。

「当麻先生のためにも、頑張らなくっちゃね」

美雪は濡れた目に微笑みを浮かべて頷いた。

「じゃ、先生に——伝えといて」

「えっ、何……?」

「もしものことがあったら、美雪は天国で待ってます、て……」

母親は言葉に詰まった。代わりに、娘の手をまた強く握り直した。

(最善を尽くしますが、正直なところ五分五分です。輸血は絶対にしないとお約束しますが、万が一の時は、お許しください)

当麻が最後に言った言葉が思い返されていた。

(でも娘さんには、百パーセント大丈夫だと仰ってくださいね)

娘はかすかに微笑みを見せている。

麻酔の担当医白鳥《しらとり》はさすがに緊張していた。こんなリスクの高い患者の麻酔を手がけるのはもとより初めてである。

「大学やウチの病院の外科医なんか絶対に引き受けられない患者ですよね。麻酔医も、百人中九十九人は尻込みするでしょう」

当初は、さすがに白鳥も二の足を踏んだ。当麻は美雪の〝誓約書〟をファックスで送り、責任の一切は自分が持つからと、ためらう白鳥を説得した。

「先生がそこまで言われるなら、清水《きよみず》の舞台から飛び降りるつもりでお引き受けします」

既に当麻の手術には何度か立ち会っていたから、そのウデの確かさは重々承知している。しかし、今回はこれまでのいずれのケースにも増してリスクが高いと思われた。

第一、大学でも成人病センターでも、ハーベーが一〇以下でメジャーのオペに踏み切ったことはない。例外として、食道静脈瘤《しょくどうじょうみゃくりゅう》の大量吐血で緊急手術に至った患者はハーベーが七か八の状況で手術をスタートしたこともあったが、術直前から術中にかけてジャンジャン輸血しながらのことである。

担当した患者が術中死《ティッシュ・トート》に至った苦い経験もある。大学病院時代、肝癌《がん》の手術中に執刀者が誤って肝静脈を損傷し、収拾がつかなくなった時のことを思い出していた——。

瞬《また》く間に患者の血液は半減し、さらに大半が失われて行った。明らかに術者のミスであるのに、麻酔医が失血に見合う血液量を送り込めないでモタモタしているからだ、というような口ぶりを執刀医はした。その実、虚脱してしまった患者の血管は、他からの血液を受け入れて心臓に注ぎ返すほどの反復力はまったく残していなかったのだ。

術中死が避けられない状況と判断すると、出血部位にやたらガーゼを押し込んで手を押し当てたまま、執刀医は茫然自失の体《てい》で動かなくなった。

やがて、血走った目を白鳥に振り向けると、

「プロフェッサーを呼べ、プロフェッサーを！」

と叫んだ。お前じゃ駄目だ、埒《らち》が明かん、とでも言いた気《げ》だった。

白鳥は聞こえぬ振りを装った。

看護婦の機転で外科と麻酔科の二人の教授が駆けつけた時、患者はもう虫の息だった。

「横隔膜《おうかくまく》を開いてダイレクトに心マッサージをやってくれませんか」

モニターの波形がほとんどフラットになりかけたのを見て、白鳥は口走った。

「お、俺は手を放せられん。お前、やってくれ……」

我に返った執刀医は第一助手に指令した。

「でも、どのように……」

　ウロたえる助手に、二人の教授が交互に口をさし入れ、ああだこうだと指示した。助手は言われた通り、既に血の気を失って紫色に変色している肝臓の左葉《さよう》の奥をまさぐった。そこにはつい今し方まで心臓の鼓動を伝える横隔膜が弾力的に脈打っていたが、今は弛緩して墓場のようにシーンと鳴りをひそめていた。

　助手は恐る恐る横隔膜を無鉤鉗子《ペアン》で捉《とら》え、鋏《クーパー》を入れた。

　硬く縮こまった紫色の肉塊が顔をのぞかせた。外科の教授が身を乗り出した。

「手を突っ込んでマッサージしろ！」

　経験のない助手にアレコレ指図なんかしておらず、自分がさっさと手洗いしてやればよいのに、と白鳥は思った。

　慣れない手つきで恐る恐る指図に従ったが、心臓の拍動は二度と蘇《よみがえ》らなかった。執刀医が押さえ込んでいる手もとのガーゼにも、もはや血はしみ込んでこない。

「ティッシュ・トートはまずいぞ」

　外科のボスが憮然たる表情で言った。

「ラフでいい、さっさと閉腹してリカバリーへ移せ！」

　執刀医は無言で頷き、器械出しの看護婦に太いナイロン糸を求めた。白鳥は疑惑に捉

われながらも、

「抜管してよろしいですか?」

と、尋ねた。今腹を閉じているのは死後の処置であり、もはや麻酔の必要はないとみなしたからである。

「いや、そのままでリカバリーへ運んで欲しい」

外科の教授が有無を言わさぬ口吻《こうふん》で言った。

「患者はもう完全にステッ(死ぬこと)てますが……」

「ゼスチャーとしても、しばらくお願いしたい」

「ま、そうだが、とにかく、リカバリーのレスピレーターにつないでください。後は我々でやりますから」

教授と執刀医が目配せして頷き合った。

結局、外科医達は麻酔医に一言のねぎらいの言葉もかけないままオペ室を出て行った。下手すれば医療訴訟かと思ったのが、意外に何事もなく終わった。しかし、白鳥はこの一件で大学病院の体質に嫌気を覚えた。

ほどなく、草津の成人病センターに出張を命ぜられたが、渡りに舟と喜んで出た。以来、そこに居ついている。

当麻も、白鳥のような麻酔医に出会えたことを僥倖《ぎょうこう》と感じていた。状況をつぶさに話して引き受けてくれる麻酔医が果たしているか、甚《はなは》だ心許《こころもと》なかったからである。

「もっとも、こういう患者を扱えないようじゃ、プロの麻酔医とは言えないけどね」

白鳥の承諾が得られたところで、「よく引き受けてくれましたねえ」としきりに感心する矢野に、当麻はピッツバーグの麻酔医達のことを物語った。

肝移植はとにかく最低十二、三時間はかかり、出血は五〇〇〇から一万、特に七、八万ccにも及ぶ。術中に心停止を来すこともあるから麻酔医はウカウカしておれない。

「凄《すご》いなあ！　僕も一度肝移植の現場を見てみたいなあ」

当麻の話に、矢野は目を輝かせた。しかし、目前に控えた大友美雪の手術は、一滴の血も入れられない分、肝移植よりもはるかにリスクが高いのではないかと思われた。

「そうだね。家族にも話したんだが、彼女の場合は、むしろ肝移植の方が安全かも知れないし、助かる率もはるかに高い。でも、肝移植となると、これはもう輸血なしでは考えられないからね」

当麻の口を何気なくついて出る「肝移植」という言葉を、矢野は夢見心地で聞いていた。

大友美雪が手術室に運ばれて来た時、紺野達手術室のスタッフもその痛々しい様に息を呑んだ。

意識はあるが、薄い鼻翼をめくり上げんばかりに太いS・Bチューブが鼻孔の一つを塞いでいて息苦しそうである。が、何よりも驚かせたのは、十八歳とは思えない少女のような体つきと、青いような、黄ばんだような、何とも形容し難い、いかにも病的な皮膚の色だった。

血圧は最高値が九〇、脈拍が一二〇と、早くもプリショック（ショックの前段階）状態である。

小児量の筋弛緩剤で、挿管は難なく終えた。

それを見届けると、当麻は矢野を促《うなが》して手洗いに赴いた。

その時、青木が息せき切って入ってきた。

「パンペリなんだって？」

すれ違い様、矢野が問いかけた。

「ボクは違うと思うんですが……」

青木は浮かぬ顔を返した。青木の目が何か訴えている。だが、当麻にも矢野にも、青木に係わっているゆとりはなかった。

青木が早目に手術室へ来たのは、麻酔器の点検と、当麻の手術をたとえ三十分でも見たいとの思いに駆られたからである。

麻酔器や挿管用の一連の器具のチェックを五、六分で終えると、隣の手術室に入って行った。

「いやあ、外科医冥利《みょうり》に尽きるかも知れんが、麻酔医冥利にも尽きる患者さんだよ」

会釈をした青木に、白鳥が「よっ」とばかり頷き返して言った。

「うまく行ったらね、地方会レベルならケースレポートになるよ」

「先生、そんな縁起の悪いこと言わないでください。患者さん、聞こえてるかも知れませんよ」

紺野がすかさずクレームを入れた。

「そうか……これは失言」

白鳥は頭に手をやって苦笑した。

「でもね、正直言って、厳しいよ、このオペは……」

白鳥が取り繕《つくろ》うように言い足した。

「大丈夫ですよ。当麻先生は現代のブラック・ジャックですから」

既にスタンバイしている丘がすかさず返した。

「ボクもまあ、そう信じてはいるけどね。一〇〇ccレベルの出血が勝負どころだから、ガーゼカウント、頻回に、正確に、頼むよ」

丘の視線を眩《まぶ》しいと感じたかのように、白鳥は目を紺野と、外科医が増えたことで外来から新たに配属されてきた西村照江に転じた。

「五〇〇がデッドラインかな」

白鳥が念を押すように言うと、ナース達は一瞬息を呑んで互いの顔を見合った。

午後一時半、当麻のメスが青銅色の肌に走った。皮下から血がジワジワッとにじみ出る。当麻は素早く電メスに切り換え、出血点を丹念に凝固しながら筋膜《きんまく》、さらに腹膜《ふくまく》を開き、腹腔《ふっくう》に迫った。

「ウオッ！」

と矢野が声を放った。黄色透明の腹水がどっと溢れ出たからである。

ざっと五〇〇ccも吸い取ると、内臓が明らかになった。

「ウワァ、凄い肝臓ですねぇ」

矢野の背後で青木が驚きの声を上げた。

通常なら小豆色でツルッと滑らかな臓器が、全面暗緑色に変わり表面が凸凹になっている。大きさも正常の半分程度に萎縮している。対照的に、通常は左のあばら骨の下に隠れて見えない脾臓《ひぞう》が肝臓以上に肥大して中央にせり出している。胃を取り巻く大網《だいもう》には、怒張し蛇行した静脈がるいるいと浮き出ている。

当麻は指で大網をつまみ上げ、横行結腸《おうこうけっちょう》を矢野に持たせた。大網と横行結腸が付着している部分に当麻の電メスが走る。出血はほとんどない。肥大した脾臓の下極まで剝離を進めると、横行結腸が下に落ち、膵臓《すいぞう》が現れた。

当麻は左手の人差し指と中指を膵臓の下縁に沿って後腹膜《こうふくまく》の下にすべらせた。そこにも怒張した静脈がミミズのように這っている。

「ペアンを、どんどん」

「はい」

丘が慌てて器械台を探る。後腹膜を次々と二丁のコッフェルで挟み込んで切り開いて行く。するとへばりついていた感じの膵臓が浮き上がってきた。

矢野も青木も目を皿のようにして見つめる。

当麻の左手の二指がスルスルッと膵臓の下縁に入り、めくるように頭側へ持ち上げた。

膵臓が裏返しにされた感じである。矢野と青木は膵臓の背面を見るなど初めてのことで、目を瞠《みは》った。

左指に沿って当麻はケリーを差し入れ、膵臓の下縁をどんどん十二指腸側に切離して行く。膵臓は益々めくり上げられた形になり、やがて、大網や後腹膜の静脈とは比較にならぬ、太いミミズのような脾静脈が中央に現れた。

これをウッカリ損傷しようものなら大出血は免れない——それくらいは矢野にも青木にも理解出来たが、一体この触れるだに恐ろしい血管を当麻がどのようにさばくのかは計り知れなかった。

膵臓の背面を溝を掘るように走っている柔らかそうな脾静脈の下縁に、当麻のクーパーの刃が、アイスクリームをすくうように入った。刃先が血管の下をかいくぐる。と見る間に、上縁から刃先がのぞいた。

当麻はクーパーを引き抜き、今度はケリーを同じようにさし入れ、

「ヴェッセルズ・テープ」

と口走った。

矢野がテープを鳥の嘴《くちばし》のようなケリーの先端へ誘導した。ケリーの先端がテープを捉え、アッという間に脾静脈をかいくぐって下縁に引き出した。

テープの端《はし》をペアンで把持すると、

「軽く持ち上げて」

と言って当麻はペアンを矢野に託した。

矢野は恐る恐るペアンを捉えた。脾静脈が浮き上がった。

今度は当麻のクーパーがその下で左右に動いた。ジワッと血がにじみ出た。

当麻はすかさず矢野の手を押さえてテープを弛《ゆる》めさせた。

「オキシセル（止血用の綿）を薄く、ペラペラにして渡してくれるかな」

「はい」

丘は小さなビンから取り出した円柱状の綿を、ピンセットでつまみ上げる。

「オキシセル、用意出来ました」

丘がヒラヒラと風に舞うような、薄く、透《す》けた綿を差し出す。

矢野が受け取り、当麻に差し出す。

当麻は膵臓を押さえつけていた指を放して素早くオキシセルをつまむと、血がにじみ出ている膵実質にそれをあてがって再び指で押さえ込んだ。

（フー！　まさに薄氷を踏む思いだな！）

矢野が人知れず嘆息をついているのも当麻は素知らぬ気だ。

「モスキート、二本」

術野《じゅつや》に目を凝らしたまま腕だけ丘の方に伸ばした。

「あ、はい……」

丘もこれまで経験したことのないオペだけに要領がつかめず、後手後手に回っている。

当麻は、少し引けばちぎれそうな、糸のように細く短い血管にモスキート鉗子を二本かけ、わずかな隙間へメッツェンバウムを差し入れて血管を切離した。

「6―0の糸。慎重にね」

矢野は当麻が手にしているモスキート鉗子の先へ糸を誘導した。

「絶対に引っ張っちゃいけないよ。押さえ込む要領で結紮《けっさつ》するんだ」

「はい」

返事と裏腹に、当麻が指示したのと逆の力が加わった。途端にモスキート鉗子が糸ごとはずれた。

「あっ……」

叫んだ時は遅かった。つい今し方オキシセルで押さえ込んだ所よりはるかに多くの血が流れ出た。

「吸引!」

「済みません！」

矢野は亀のように首をすくめながら慌てて吸引器を探った。

「オキシセルをっ！」

当麻の目が険《けわ》しくなっている。

白鳥が思わず術野をのぞき込んだ。

青木も固唾《かたず》を呑んで矢野の肩越しに術野を見すえた。

当麻は先ほどと同じ要領でオキシセルを出血部に二、三枚あてがい、指をそこへすべらせた。

「とり敢えずこちらを結紮しよう。同じく6―0」

と、もう一本のモスキートを矢野に示した。

「はい」

声は確かだが、糸を手にした矢野の指は小刻みにふるえている。それを留めようとするかのように、一旦片手を放して術衣の胸もとにこすりつけた。

「肩の力を抜いて」

当麻は一息入れるように背を立てて矢野を見た。上体はそうしてゆらぎながら、モスキートを把持した当麻の右手は微動だにしていないのを青木は見て取っていた。

「とにかく、引っ張らないで、軽くひっかけ、後は押さえ込むように結ぶ」

「はい」

矢野は一呼吸、二呼吸して息を整え、術衣にこすりつけていた手をブルブルッとふるわせた。

「じゃ、行きます」

「ウン」

当麻の目は逸早《いちはや》く術野を見すえていたが、膵臓を押さえている左の指が赤く染まり出したのを見て眉をひそめた。

矢野の指先はまだかすかにふるえを帯びていたが、それでも今度はヘマをしでかさず結紮をやり遂げた。

「よーし、その要領だ。もう二、三本あるからね」

「はい。あ、そっちは止めなくていいんですか？」

オキシセルが既に真っ赤に染まっている、先刻自分が引きちぎった血管の方を矢野は指さした。

「ああ、しばらく押さえておく。オキシセルをもう少し」

当麻は丘の方に手を差し出した。

その時、室外に物音が立った。

「あ、隣のオペ患だ」

紺野が入口の方を振り返って声を放つと、

「こちらはもういいから向こうへ回って」

と西村照江を促した。

青木もギクッとして目をやった。

「もう、何ともないんやがなあ」

まるで病人風情でない患者の声が静まり返ったオペ室に響いた。

「それは、痛みどめを打ったからだって、先生方、仰ってたでしょ」

まるで子供をあやすような口調でベッドを引いて来た病棟の看護婦が言った。

青木は後髪を引かれる思いで足台を降りた。

「えっ、隣でもオペがあるの？」

白鳥が青木の動きを追いながら言った。

「ええ、汎発性腹膜炎《パンペリ》ということなんですが……」

青木の目が訴えるように白鳥を見返した。

「麻酔は……？」

「挿管です。僕がやりますが、うまくいかなかったらよろしくお願いします」

「ああ、いつでも」

白鳥は少し同情の目で青木を見送った。

「出血量六五グラムです」

床に屈んでガーゼを秤量《ひょうりょう》していた紺野が言った。

「今のところ順調ですね」

白鳥が麻酔チャートに出血量を記録しながら言った。

「ウン、ここで出さなければ、後はもう大丈夫だが……。モスキートを」

当麻のクーパーはさらに脾静脈を膵臓から剝離し、最後のドレナージヴェインを露《あら》わにしている。

モスキートが二本、その頼りなげな静脈にかかる。メッツェンバウムがその間隙に入る。

「5—0絹糸」

繰り返される手順に要領を得て来て丘の動きもリズミカルになってきている。

矢野がモスキートの先に糸をひっかける。

「いいかい？」

一回結紮したところで当麻が問いただす。

「キッチリしまってないようだが、いいかな？」

「はい……大丈夫、と思いますが……」

矢野は指先に力をこめてもう一度糸を絞った。

当麻がモスキートをはずす。途端に、結んだはずの糸の先からズルッと血が流れ出し、糸は虚《むな》しく宙に浮いた。

「あ、あ……済みません」

矢野が目の色を変え、慌てて吸引器を探る。

当麻の左手が飛んで、膵臓を捉え、出血部に指をあてがう。

「ここの結紮がキチンと出来ないと、肝切の短肝静脈《たんかんじようみやく》の処理も任せられないよ。糸結び、もう少し練習しないと」

当麻の口吻が、珍しく尖《とが》ってクールに響いた。

「はい、済みません」

矢野は目を瞬《しばたた》いた。

「大丈夫ですか？　目下のところ、ヴァイタルに変化はないですが……」

白鳥が頭の方から顔を突き出すようにしたが、もとよりその位置から術野の状況は捉えられない。

矢野が吸い上げた血液が、床に置かれた吸引瓶に滴《したた》り落ちた。

白鳥も、紺野も屈んでのぞき込んだ。

「吸引量、どれくらいかな？」

白鳥の問いかけに、紺野は蹲踞《そんきょ》のままににじり寄って目盛りを探った。

「まだ、一〇〇cc、ほどです」

「と言うと、ガーゼとあわせて一六五、か……」

「あと、もう少し出るかも知れませんが、細胞外液を通常の倍量、入れてくれますか」

当麻がオキシセルを膵臓に押しつけたところで言った。

「あ、そうですね」

白鳥は点滴のスピードを操作した。

「中心静脈圧さえ維持すれば何とかいけるでしょうからね」

青木は患者が手術台に移されるや改めてその腹部を触診した。

外来で鎮痛剤を打ってからもう二時間余経過している。

（おかしいなあ。どう見てもパンペリじゃない！）

焼きたてのパンのように柔らかい腹部の感触に、疑問はさらに深まった。

だが、患者はもうすっかり観念したかのように瞼《まぶた》を閉じている。

（麻酔は仕方がないとしても、オペには入りたくないな）

青木がひとしきり自問自答を繰り返した時、背後に人の気配がした。振り返った青木の目に、能面のような野本の顔が飛び込んだ。

「執念深い奴だな。何度診たって同じだ。さっさと麻酔をかけろ！」

吐き捨てるように言って野本は踵を返した。

（何て不用意な発言だ。患者に麻酔はまだかかっていないのに！）

しかし、言葉を返せば徒《いたず》らに患者の不安を募らせるばかりだと、生唾《なまつば》を呑み込んだ。

（仕方がない。もう何を言っても始まらない）

観念じみた独白を胸の底に吐き捨て、青木は麻酔にとりかかった。

隣の部屋では大友美雪の脾静脈の剝離が終わっていた。その十二指腸側、門脈に注ぎ込むギリギリの所で当麻はこれを二重結紮し切断した。次の結紮を、当麻は自分で行った。万が一糸が弛《ゆる》んだり、はずれでもしたら、たちまち五、六〇ccの失血につながる。

先刻矢野が結紮をとちったドレナージヴェインの始末も残っている。これは流れが膵臓から脾静脈に向かっているから、断端を結紮しないことには止血は得られない。事実、圧迫ガーゼが既に真っ赤に染まっている。ジワジワ血がにじみ出ているのだ。

当麻はブラブラになった膵臓を左手に捉え直して矢野に吸引器を用意させ、右手にモスキートをつかむと、やおらガーゼを、次いでオキシセルをはがした。ジワッと血がにじみ出た。矢野の目には捉えられなかったが、当麻の右手のモスキートが、マングースがハブの喉元にかみつくように、膵臓の表面からわずかに顔をのぞかせている血管を素早く捉えた。

出血がピタリと止まった。矢野は「フー」と大きく息をついた。

「よーし、軽ーく持って」

膵臓を左手に把持したまま、当麻はモスキートの先に引っかけた糸を左手の人差し指一本でたくし上げた。そうして、左手をそろりと膵臓から放し、糸と右手のモスキートを矢野に預けた。

「モスキートの先端は、ピクリとも動かさないこと」

「はいっ」

緊張で指先がまたふるえ出しそうになるのを、矢野は息をこらえるように懸命に自制した。

「よーし、モスキートをはずして。そろっと、ね」

一回目の結紮を終えたところで当麻が言った。

「引っ張ったら駄目だよ。押しつけるようにしてはずす」

「はい……」

矢野の手がふるえ出し、モスキートの先端がぶれ出した。

「あっ、いい。僕がはずす」

「すみません……」

当麻はモスキートをはずし、二度目の結紮を、こちらは慎重に、ゆっくりとやり終えた。

矢野は腋《わき》の下にヌルッと生温かいものが伝わるのを感じた。

その時、手洗いを終えた野本がチラと当麻たちの方に流し目をくれながらドアの向こうをよぎった。が、誰ひとり注意を向ける者はなかった。

「何だ、まだモタモタしとるのか」

一度目をしくじり、二度目の挿管にトライしている青木を見て、野本は不機嫌な声を放った。

「それほど猪首《いくび》じゃないぞ。一発で決めんかい」

青木は焦りを覚えたが、喉頭鏡のチップが今度はうまく声帯を展開した。

「あーあ、そっちはもう構わんでいい。お前はさっさと手洗いをしろ」

青木が首尾よく挿管を果たしてバイトブロックをかますのに手を添えていた西村照江を、野本は顎《あご》をしゃくり上げながらどやしつけた。

照江は青木の顔を窺《うかが》った。

「ウン、後はやるからいいよ。手洗いしてきて」

青木は声をひそめて言った。

「導尿！　固定！　早くしろっ！」

踵を返した照江の腰から肉付きのいい臀部《でんぶ》に視線を送りながら、野本は病棟から手伝いに来ていた看護婦をけしかけた。こちらはムッとして、言葉は返さぬまま体だけ移動した。青木も聞こえぬ振りを装って麻酔チャートに目を落としている。

野本が手洗い場に向かった。その目が、手洗いを始めている照江のグリーンのワンピースの術衣の下の方にヒタと注がれている。そのまま野本の体は、磁石に吸いつけられるように照江に接近した。

ミラーを見上げた照江の目が、黒子のようにピタリと背後に迫った野本を捉えて戦《おのの》いた。

刹那《せつな》、野本の手が照江のヒップを一撫《ひとな》でした。

「あ……よしてください」

照江はミラーの中のニヤついた野本の顔を睨みすえて身をよじった。

「気合を入れてやったんだ。前立ち（第一助手）、しっかりやるんだぞ」

野本は悪びれた様子もなく隣に体をすべらせた。照江は思わずカニのように横へ足をずらせた。

「出血量、ガーゼ、吸引、あわせて二六〇ccです」

紺野が吸引瓶の目盛りを確認して言った。

手術は腎静脈《じんじょうみゃく》の露出にかかっており、この操作で多少の出血が加わっていた。

「もうヤマは越えたからね」

まだ緊張気味で手つきのぎこちない矢野をリラックスさせようと当麻が言った。

「不手際をやらかして済みませんでした」

矢野はすっかり落ち込んでいたが、それでも取り繕《つくろ》うように笑顔を作った。

「静脈も不気味ですね。噴水のように吹き出すんで動脈ばかりが怖いと思ってましたが……」

「そうだね。でも、まだ腹の静脈はマシだよ。恐ろしいのは肺静脈だ」

「ハア……そうですか……？」

肺の手術経験など皆無である矢野にはもうひとつピンと来ない。思わず当麻を見上げた。

「先生は、肺の手術も手がけられたんですか？」

「いや、直接手がけたことはないが、何度か見に行ってね。肺静脈が裂けて修羅場と化した場面にも出くわしたよ」

「僕も何度かそんな場面に立ち会いました」

手術は順調にフィナーレに向かっている。その安堵感からか、ゆとりを感じさせる口調で白鳥が口を添えた。

「何せ肺静脈は心臓と隣り合わせですものね、恐ろしいです。一〇〇や二〇〇の出血はあっという間ですから、とてもじゃないが下手な胸部外科医にエホバの証人のオペは出来ないでしょうね」

野本はメスをペンホルダー式に持って腹壁に突き立てた。青木や前立ちに立った照江に一言の会釈もなく、勝手に行くぞという趣きである。

手術の助手など初めての経験である照江は、すっかり萎縮していた。

「血が出てるところをつまめ、ホレ、これで」

野本は止血ピンを逆さに摑《つか》み、術衣を突き上げている照江のふくよかな胸を小突いた。

何か言いかけたが、照江は上体を引き、ひったくるように野本から止血ピンを奪い取った。

（何てことを！）

青木は見て見ぬ振りをしたが、照江が気色《けしき》ばんだのは見逃さなかった。野本の止血ピンが突いたふくらみに嫌でも目が行ったが、次の瞬間には別の女性の胸を思い浮かべていた。

「ホレ、しっかり持ち上げろ。開腹するぞ」

筋膜を捉えた鉗子を有無を言わさず照江に握らせ、野本は自分の側の筋膜にかけたそれをわざとらしく引き上げた。

「こっちと同じように引くんだよ」

野本の片手が照江の手を覆った。それを握り込むようにして、照江の方に引き上げた野本の肘《ひじ》が、巧みに照江の胸に触れている。青木はそれも見逃さなかった。

照江はまた腰を引いた。はずみに鉗子が筋膜から滑脱し、勢い余って照江は後によろめいた。

「まったく、ドジがあ」

野本は大仰《おおぎょう》に眉根を寄せた。照江の目に不意にキラリと光るものを見て青木は仰天した。外回りの病棟ナース木原の顔も強張った。

「先生……」

「ウン？」

何かに突き動かされるように青木は口を開いた。

野本は胡散臭気な目つきで見返した。

「麻酔の方は落ち着いてますので、ボク、手洗いします。彼女ひとりじゃ無理みたいですから」

照江はマスクの下で唇をかみしめて懸命に涙をこらえているに相違ない。不憫《ふびん》であった。今助けの手を差しのべなければ、一気に嗚咽《おえつ》に陥りそうだ。

「まだいいっ！　入る必要があるかないかは俺が決める」

野本は青木の申し出を一蹴した。

「ホレ、しっかりつまみ上げろ」

腹筋を引き上げた野本のピンセットが照江に突き出された。照江は、自分の胸もとに迫った野本の手を避けるように腰を引いてピンセットを受け取ったが、その弾みに腹膜がスルッと滑脱した。

「あ、あ、あ、何してんだ。ただボーッと持ってればいいってもんじゃないんだぞ」

野本は照江の手をピシャリとはたいた。ピクッと身を震わせた照江の目尻から、隠しようもなく一滴の涙がこぼれた。

「先生、私が手洗いします。昔、少しオペ室に入った経験がありますから」

木原がたまりかねたように言った。野本がジロッと流し見た。

「余計な口出しするなっ！　お前は外回りを忠実にやってりゃいいんだっ！」

木原は野本を睨み返したが、野本はそっぽを向いている。

腹膜があいた。

「開創器っ！」

照江は涙を拭《ぬぐ》うことも出来ないまま、半ばかすんだ目で傍《かたわ》らの器械台をまさぐった。待ち切れぬとばかり、野本はひったくるように開創器を照江の手から奪った。

腹膜が開かれた。

「吸引器用意！」

と勢いづいて口走った野本の目が、次の瞬間、点になった。

照江が吸引器を差し出したが、野本は手でそれを払いのけた。

「お腹の中、やけに綺麗ですね」

青木は術野をのぞき込んで言った。

野本の手が胃をつまみ上げていたが、どこにも病巣はない。十二指腸に穴があいている形跡もない。穿孔性腹膜炎《せんこうせいふくまくえん》には必発の膿《うみ》を含んだ腹水も見当たらない。

野本は不意に鳴りをひそめた感じになった。

「ピンホールもありませんか？」

青木は何かゆとりを得た気分になっていた。

野本は返事をしない。しかし、確かに聞こえている証拠に、既に一度確かめた十二指腸をまた引き上げている。柔らかくツルッとしたピンク色の漿膜《しょうまく》は健常そのものである。

「胆嚢《たんのう》も、問題なさそうですね」

「胆嚢など、初めっから考えとらんっ！」

野本がやっと、吐き捨てるように言った。

「膵臓だ。膵臓が少し腫《は》れとる」

野本の手が大網の無血管野を開き、奥を探っていた。

「急性膵炎だ。よしっ、ドレーンを入れておしまいだ」

（ドレーンを⁉）

青木は吃驚《きっきょう》した。

青木の目には膵臓もごく普通に見えた。腫れていると言われればそうかなと感じる程度で、いずれにしても重篤な所見ではない。青木の記憶にある急性膵炎では、しみ出した膵酵素《すいこうそ》により融解した壊死《えし》脂肪が点在し、緑色の膿苔《のうたい》が散見された。一度限り経験のある「劇症型膵臓壊死」は、周囲臓器も炎症に巻き込まれてただれ、脂肪が浮いてギラギラした血性の腹水が多量にたまっていた。

（とにかく、パンペリではないし、膵臓が腫れていると言ったって、ドレーンを置く必要なんかまったくないはずだ！）

「膵炎、て、原因は、何ですかね？」

青木は疑問を放った。

「そんなもん、分からんっ」

野本の声が尖った。

「ま、この程度で済んだってことは、患者にとってはラッキーなことだったよ」

(何ていい加減な！　ウヤムヤで事を終わらせる気か？)

抗弁が喉元まで出かかったが、辛うじて押し留めた。

「だがな」

と野本は、改まった口調でチラと青木を見すえた。

「ファミリーには十二指腸にピンホールの穿孔があったことにしておく。大網充塡《じゅうてん》で済ませた、とな。膵臓の所見については、後日ゆっくり調べるということで口裏を合わせておけ」

煮えたぎるような義憤が青木の腹の底から湧き上がっていた。一旦口を開けば、この場で決裂に至りそうな言葉が矢継ぎばやに飛び出して来そうだった。

青木は唇をかみしめてそっと照江を見た。気配を感じたのか、照江もおずおずと青木を見返した。涙はもう乾いている。が、何かを訴えている目だった。

二時間が経過したところで、当麻は脾腎静脈シャントを無事に終えた。

出血量は、吸引、ガーゼあわせて二九六ccに達していたが、ヴァイタルには何の影響もなかった。

「万が一縫合《ほうごう》不全を起こしたら一巻の終わりだけどね」

ドレーンに側孔《そっこう》をあけながら当麻が言った。

「いやあ、無事に終わりましたねえ」

白鳥が破顔一笑して言った。

「清水の舞台から身を躍らせたけど、奇跡的に大ケガなしに済んだ、というところですね」

一同の顔にもホッと安堵の色が浮かんだ。

が、当麻の腋の下に冷たいものが伝い流れていることに気付く者は誰一人としていなかった。

落胆と慰め

二週間が過ぎた。

大友美雪は小康状態を保っていた。術後二日目にヘモグロビンは五・〇に、総蛋白は四・〇にまで落ち込んだが、縫合《ほうごう》不全の気配はなかった。ただ、ドレーンから日に数百

ccもの黄色透明の腹水が流れ出た。

五日目に、当麻《とうま》はこのドレーンを抜いた。

「フン、出血は止められても、早晩肝不全で呆気ない幕切れさ」

患者の経過をそれとなく青木が話題に供した時、野本はそっぽを向いたままこんなふうに嘯《うそぶ》いた、という。

「確かにその通りだ。急場を凌《しの》いだと言うに過ぎないからね」

青木から得た情報を矢野が伝えると、当麻は別に顔色も変えず言った。

美雪の手術の後、矢野は相当に落ち込んでいた。ピークは、術後の後片付けを終えて医局に戻った時だった。

「もう一回不手際をやらかしていたら、きっと、危なかったでしょうね」

矢野は当麻にコーヒーを淹《い》れながら自嘲気味に切り出した。

「言い訳としては、こういうオペは初めてだったから、と言いたいんですが、でも、外科医になってもう五年ですからねえ。自信をなくしました」

矢野の自責と自己卑下は、放っておけば際限なくエスカレートしていきそうだった。

「そんなことはない。まだこれからだよ」

当麻はしきりと慰め、こんな話を切り出した。

「ピッツバーグのスターツル先生が聞かせてくれた話だけどね。先生に弟子入りを所望してきたツザキスというギリシャ人の医者がいたそうな。彼が肝移植をライフ・ワークにしたいと言って門を叩いた時、スターツル先生としては一抹の不安を拭《ぬぐ》い切れなかった」

矢野はたちまち話に引き込まれた。

「何故なら、他施設での彼の評価は余り芳《かんば》しくなかったからなんだね。果たせるかな、本人の意気込みとは裏腹に、ツザキスが手がける肝移植はことごとく失敗に帰した。来る者は拒まずの主義に徹して門は大きくあけていたスターツルも、一年辛抱を重ねた挙句、遂に堪忍袋の緒を切らし、君にはもう肝移植は任せられない、あくまで移植にこだわるなら、手技的にははるかに易《やさ》しい腎《じん》移植の方を手がけ給《たま》え、と引導を渡した。ツザキスはさすがにうなだれて唇をかみしめたが、やがてキッパリこう言い放った。分かりました。仰せに従って腎移植の方に移ります。でも自分が本当にやりたいのは肝移植です。自分は精進を重ね、必ず先生の目に叶《かな》う技術をマスターして戻ってきます、とね」

矢野は息を殺して聞き入った。

「スターツルは、その悲壮な決意を半分は真に受けたが、半分は聞き流して不肖の弟子を見送った。数年後、今一度ワン・チャンスを与えてください、と言ってツザキスが再び門を叩いた。たっての願いに、情にほだされて半信半疑のまま彼を受け入れたが、数年前とは打って変わり、見違えるばかりに上達しているのに目を瞠《みは》った。

　率直に驚嘆を漏らすスターツルにツザキスは、引導を渡されて以来、自分がいかほどの努力を払ったかを物語った。手術器具や結紮《けっさつ》練習用の糸を肌身離さず持ち歩き、利き手のみか、左手の練習も積んだという。

　やがて彼は肝移植チームの有力なスタッフとなり、世界に誇る外科医となった。皆が皆ツザキスの真似が出来るとは限らないが、誰にでもそうなれる可能性があることをツザキスは実証してくれた、と、スターツル先生はそう言ってこの話を締めくくられた」

「そうですか！　いやあ、いいお話を伺いました。僕も諦めず、頑張ります」

　矢野は明るく言い放った。


　一方、青木の屈折した気持ちはおさまり切らないでいた。

「もう爆発しそうなんだけど、久し振りに、ボクの愚痴を聞いてくれないかな？」

　医局に誰もいないのを見計らって、青木は京子に近づいた。

　野本の下について以来、青木が不遇をかこっているのを見聞きしていただけに、自分が話し相手になることで気が少しでも紛れるなら、と京子は思った。

「医局の先生方のコーディネーターの役も務めてもらいたいんだよ」

医事課から医局秘書への異動を命じられた時、事務長の島田三郎から念を押すように言い含められたことを思い出してもいた。

「医者、ていうのは、唯我独尊《ゆいがどくそん》の人間が多いし、ま、仕事柄、ストレスも相当にたまるからね」

京子の見るところ、診療という、医者本来の仕事でエネルギーを費やすよりも、医者同士の、あるいは対看護婦との人間関係で神経をすり減らしている面が多分にあると見受けられた。しかもそれに費やされるエネルギーはただただ無駄なものと京子の目には映った。

「ご馳走してくださるんですか？」

「もちろん。この前と同じレストランでいい？」

えくぼを作って京子は頷《うなず》いた。

「あしたの夜でも？　いや、あしたは駄目だ、抄読会だ」

木曜の夜は当麻の提唱で「外国文献抄読会」が開かれることになっている。もっともこれに参加するのは当麻と矢野、青木、内科の島田と小谷《こたに》で、野本は端《はな》から無視を決め込んでいたし、整形の赤岩、小児科の石田などは、木曜のその時間には早々と姿を消してしまう。内科の丸橋は島田にせつかれて渋々という感じで出ることもあったが、大方は何かと口実を設けて出て来ない。田巻に至っては、

「僕の科は特殊ですから、プレゼンテーターにはなってもいいですけど……」

ともったい付けるのを、

「ああ、それでもいいですから、是非」

と当麻に言われ、二カ月に一度回ってくる抄読係の時だけ顔を出した。

「金曜は当直だし……」

青木は京子の机の脇のホワイトボードに貼りつけてある医師当直表を指でたどりながら言った。

京子は青木のその指の先に目をすえた。

「土曜がいいです。お休みの前の方が……」

「土曜なら僕もいいけど、ただ、レストラン、土曜は混むよね。日曜はダメ？　どこか、ドライブがてら……」

「日曜はちょっとスミレさんと……」

咄嗟《とっさ》の嘘を、方便と京子は割り切った。

「ダメか……じゃ、土曜に」

いつ人が入ってくるか知れない。選択肢をアレコレやりとりしているのも気が急《せ》いた。

「明るいうちは何だから、五時半でどう？」

京子は小さく頷いた。

病院から少し離れた所に仕出し屋を兼業の日本旅館がある。「吉野屋」と看板がかかって女将がキリモリしている。暇を持て余して亭主は病院で運転手を務め、院長や非常勤医の送り迎えをしている。その「吉野屋」の前で待っててくれたら車を回すからと言うのを、

「私も一旦家へ帰って出直しますから」

と京子は断り、レストランで落ち合うことに固執した。

当日、日が暮れかかると、青木はそぞろ落ち着かなくなった。それでなくても午後からの時間は長かった。京子は知らぬ間に退座していたが、雪はもうすっかり止んでいるからキャンセルはないはずだ。

いやはや、残っているのは自分だけか、とそぞろ孤独感に襲われかけた時、当麻が入って来た。

「あ……」

と青木は小さく声を上げた。

「今夜の当直、先生でしたね？」

「ああ、さっそく急患みたいだよ。ほら、鳴ってるだろ、遠くで」

青木は耳をそばだてた。

「あ、ほんと、聞こえますね」

刹那《せつな》、電話が鳴った。青木が踏み出そうとするのを、

「あ、どうせ僕だろうから」

と当麻が制して電話に走った。

「何でも、この前退院したばかりの今泉さん、という人らしいが……」

青木は顔から血の気が引く思いがした。

「先生が例のエホバの証人の娘さんの手術をしておられた時、隣で僕らが手術していた患者です」

「ああ、あの時の……」

当麻の記憶はすぐに蘇《よみがえ》ったようだった。

「確か、十二指腸潰瘍《じゅうにしちょうかいよう》の穿孔《せんこう》だったよね？」

「あ、はい……」

青木はシドロモドロになりかけた。

「急激な腹痛だと言うんだが、イレウスでも起こしたかな？　オペは確か、大網充塡《だいもうじゅうてん》とドレナージだけで済ませたんだったよね？」

「あ、そうです……。確か、そうでした……」

サイレンの音が、今やハッキリ耳に伝わってきた。

「じゃ、一緒に診ようか？」

青木はうろたえた。

「……先生、僕、これからちょっと、野暮用がありまして……」

青木がいかにも恐縮の体《てい》で頭を下げるのへ、

「あ、そう……？　じゃ、ま、診ておくから」

当麻は咎《とが》めるふうもなく言った。

「済みません。よろしくお願いします」

青木がさらに平身低頭するのへ、当麻は「いいよ、いいよ」とばかり頷き返して部屋を出た。

（それにしても何故また今泉さんが……？）

との疑問が青木の胸を重く塞《ふさ》いだ。

今泉の抜糸が終わった段階で、念のため点滴胆嚢造影《てんてきたんのうぞうえい》かERCPをやっておいた方がいいんじゃないですかと野本に提案したが、術前のエコーとCTで胆石は否定されている、敢えてやる必要なしと、軽くいなされた。

（おかしい！　ひょっとすると、これは大変なことになるぞっ！）

車に乗り込んで国道に入った所で出会い頭に救急車を認め、これをかわすようにハンドルを切りながら、青木の頭にはまた別の思いが渦巻いた。

（当麻先生のことだから、徹底的に疑問を追究するだろうからな）

カルテや手術記録《オペレコード》も丹念に読み返すに相違ない。

（オペレコードのねつ造も見破ってしまうかも……）

あの日、手術が終わって野本がさっさと病棟から引き上げた後、青木は野本が走り書きしていったオペレコードに目を通して愕然《がくぜん》とした。真っ正直に書いてあるとは思わなかったが、それにしても、十二指腸にピンホールがあったと、図《シェーマ》にも文章にも真《まこと》しやかに記されていたからである。

（知らないぞ。旧悪がバレても）

アクセルを踏み込みながら、青木はひとしきり胸騒ぎを覚えた。

デート

レストラン「パブカ」は半分ほどの客の入りで空席が目立ち、京子がまだ来ていないことはすぐに見通せた。約束の時間より五分早い。

テーブルに落ち着くと、新たな胸騒ぎが始まった。京子は本当に来てくれるだろうかという不安と、京子が現れるまでに病院の見知った者に出くわすとまずいなという思いが交錯した。

だが、その不安はものの五分で消え失《う》せた。

定刻きっかりに京子の姿が入口に見えた。反射的に青木は腰を浮かして手を挙げた。京子は入口から少し入ったところで青木に気付いて会釈したが、左右に視線をめぐらしながら歩み寄って来る。

（やはり、気遣ってるな）

京子の視線を追いながら、青木は彼女のそんな所作を少し寂しいと感じた。

「やっぱり一度、家に帰ったの？」

京子がゆっくりと腰を落ち着けるのももどかし気《げ》に青木は口走った。〝家〟と言ってもそれは医事課の遠藤スミレの家であることは承知している。

「ええ……スミレさんに、どこへ行くの、誰と会うのって、根掘り葉掘り聞かれて困りました。後でもつけて来られるんじゃないかと心配になったほど」

「フーン。彼女、そんなにやっかみ屋なんかなあ。人のプライバシーにいちいち干渉することないと思うけど」

「ええ……でも、今日は土曜だから、ゆっくりお喋《しゃべ》りしたかったみたい」

青木はスミレを羨《うらや》んだ。自分も京子と同じ一つ屋根の下に住めたらどんなにいいだろう……。

「それはそうと――」

青木の食い入るような目をやんわりと受けとめて京子が口を開いた。

「出がけに、救急車と会いませんでした?」

「ああ……」

忘れたいものを無理矢理思い出させられた感じである。

「病院を出たところですれ違ってね、あ、ヤバイナ、て思ったけど……でも、今夜の当直は当麻先生だから、まず呼ばれることはないよ」

「それがね、救急車がとまったのはスミレさんの家の近所なの。今泉さんていう方で、ついこの前退院したばかりの患者さんですって。そう言えば最近手術記録《オペレコード》でそんな名前を見たな、て、私も思い出したんです」

オペレコードは術者が書き終えた段階で京子に渡す。京子はコピーを二枚取り、原本はカルテに綴《と》じるため病棟へ上げ、コピーの一枚は保存版として医局のファイルに綴じ、もう一枚を術者に手渡す。

「手術は、成功したんですよね？」

京子が改まった面持《おもも》ちで青木の目を探り見た。

「ウン……野本先生が執刀したんだけどね。ボクは麻酔係だったから」

（予防線を張った言い回しをしてる）

青木は自嘲気味に胸の中で漏らした。

「ああ、そうですね。確か、野本先生の筆跡でした。当麻先生は英語で書かれるし、矢野先生も、この頃はそれを真似て英語で書かれるようになったから」

「えっ、ホント？」

当麻のオペレコードが英語で書かれていることは承知していたが、矢野までがそうだったとは露知らなかった。

「この頃って、いつ頃から?」

「あ、ホントについこの頃です。ここ一、二回かしら?」

「だろうね。だって、この前その今泉さんの手術と同じ日にあったエホバの証人の、当麻先生のオペレコードまでは見てるけど、その時点では矢野先生、日本語で書いてたものね」

青木は、ここでもいくらかムキになり過ぎてるなと意識しながら、矢野が一体どんな英語のオペレコードを書いているのか見届けなければ、と思った。京子の手前、少しばかりいいところを見せねば。そうだ、医者になりたての頃、一念発起して買い求めながら、パラパラッとめくった程度で書庫の隅に押しやっている「医学英語の書き方」なる本をもう一度引っ張り出して勉強しなければ。

青木は京子に、今泉欽三《きんぞう》にまつわる一件を洗いざらいぶちまけた。この患者の件で野本とやり合った現場を京子は目にしている、と思い至ったこともある。

「ともかく、野本先生は病院の癌《がん》ですね」

訴えるような青木の話を聞き終えて、断を下すように京子は言った。

「癌も早期のうちに手を打たないとどんどん大きくなって周囲の臓器を巻き込んで行っちゃいますよね」

（さすが医局秘書だ。うまいことを言う！）

青木は京子に見とれた。

「でも、問題は、どうやって手を打つかだよね。追い出す訳にもいかないだろうし……」

「いかないかしら？」

京子が生真面目に青木を見返した。

「僕のようなペーペーならまだしも、いやしくも医長だし、近江大へは人を送ってくれるようにこちらから頼みに行ってのことだから」

「でも、野本先生がいなくて病院が困る、ということはないでしょ？」

「むしろいない方が外科はまとまりそうだし、医局のムードもよくなるけど……。何と言っても大学との腐れ縁がね。院長がそこんところをキッパリ割り切ってくれればいいんだけど、近江大からは外科ばっかしじゃない、脳外や内科も来てるしね」

「でも、病院のためにならないような人は早くやめてもらった方がいいんじゃないですか。今の、今泉さんのことなんか、院長先生にハッキリお話しして、近江大の卜部《うらべ》教授にも、野本という先生はこんな恐ろしいことも平気でやってのける人だから困ります、って直訴してもらえば……」

率直《そっちょく》過ぎる京子の言い草に、青木はややたじたじとなる。

「まったく、その通りなんだが……」

それがなかなか思惑通りにはいかない事情を京子に語った。

「でも」

と京子はひるまない。

「奥さんでない、何だか変な女の人も宿舎に出入りしているようだし、研究日で大学に行ってるはずがそうじゃなかったり、叩けばいくらでもほこりが出そうな人だわ、あの先生……」

自分ばかりが知っていると思っていた情報を、いつの間にか京子はちゃんと摑《つか》んでいる。

少なくとも、病棟での野本との確執などは一部始終伝わっているかも知れない。

野本にさんざいためつけられているが、自分は野本に媚《こ》びもへつらいもしていないつもりである。立場上やむなく相手に屈する形になっているが、京子がそこら辺《あた》りをどう見ているかは計り知れない。

いや、それもそうだが、肝心なことは別にある。今京子に意中の人がいるのかいないのか、それこそが問題なのだ。医事課の遠藤スミレの家に下宿していることからも、身持ちの固いことは窺《うかが》える。自分の誘いに応じてくれたことから推《お》しても、その心を深く占めている男が他にいるとは考え難い。しかし、その真偽を今日問いただす勇気は持ち得なかった。別れ際に、この次またね、と言おう、それで相手が「ノー」と言わなければ多少の脈はあると思ってよいだろう。そうして逢瀬を重ねるうちに、道は自ら開けてくるだろう……。

その頃、当麻はしきりに首を捻《ひね》っていた。

急患の今泉欽三は、鎮痛剤で痛みがおさまると、その痛みは二週間前緊急手術を受けた日のそれほどではないが、何となく似ていると訴えた。

当麻は野本の書いたオペレコードに目を通していた。要約すれば、

「十二指腸潰瘍《じゅうにしちょうかいよう》の穿孔《せんこう》であり、大網《だいもう》を充塡《じゅうてん》してその穴を塞《ふさ》ぎ、ドレナージに留《とど》めた。膵臓《すいぞう》が多少腫《は》れていたが、随伴性の膵炎の所見とみなされる」

というものであった。

当麻はカルテを繰って医師の診療記録に目を移す。

青木が細々《こまごま》と自分の見解を書き連ねており、何々の検査を追加した方がいいのでは云々《うんぬん》とコメントしているが、その記述のアチコチに大きく×が付されている。

（野本さんの仕業だな）

野本と青木の確執の模様は折に触れ矢野からも伝え聞いていたが、カルテにまざまざとその証拠を見せつけられると、思わず嘆息が出た。

（こんな調子じゃ、青木君のストレスはなまなかなものじゃないな）

一連の検査所見も含め、カルテを一読し終えると、野本に連絡をとるよう看護婦の木原に指示した。木原は、まず宿舎をコールし、次いでポケベルにコールをかけたが、いずれからも応答はなかった。

「宿舎を見てみましょうか？　時々居留守を使う、てもっぱらの噂ですから」

木原が剽軽《ひょうきん》に言って首をすくめて見せた。

「えっ、そんなことがあるの？」

当麻が訝《いぶか》ると、

「大ありのコンコンチキですよ」

と木原は返した。

「明かりはついてるから家にはいるはずなのにコールに出ないことがよくあるんです」

看護婦が意味深なウインクをして見せた。

「怪し気な女の人が野本先生の宿舎に出没してるって噂、先生、聞いてないんですか？」

「チラと耳にしたことはあるけどね」

点滴をつめる手は休めず、視線だけチラチラと投げかけながら木原は話している。

「じゃ、ちょっと、見て来ますね」

手の動きが早まって、アンプルの中身を点滴のボトルに詰め終えると、小走りにセンターを出て行った。当麻は置き去りにされたが、木原はほんの二、三分で駆け戻ってきた。

「家は真っ暗でしたね。だからと言って、ホントにいないかどうかは、分かりませんけど……」

最初は浮かぬ顔が、途中で独特の悪戯《いたずら》っぽい顔に変わった。

「何でしたら、車庫を見てきましょうか？　車があれば、もう絶対いる、てことですから」

当麻は感心した。

「いや、ま、そこまでしなくていいよ。それより、青木君にコールをかけてみよう。彼も出かけてはいるようだけどね」

「じゃ、デートかな？」

当麻は戸惑うばかりである。

「先生って、本当に世事《せじ》に疎《うと》いんですね。医学のことしか興味ないんですか？」

「そういう訳でもないが……」

いくらかシドロモドロの体《てい》の当麻を相変わらず悪戯っぽい目つきで流し見てから、木原はカウンターに寄って青木のポケベルのナンバーをビニールマットの下の一覧表に探った。

腰のあたりでポケベルが鳴った時、青木は顔をしかめながらズボンのベルトを探った。

「病院だ。多分、当麻先生だよ」

「えっ？」

京子が小さな声をあげた。

「まさか、私と青木先生がこうして会ってること、当麻先生はご存知ないですよね？」

「勿論《もちろん》だよ。どうして？」

「だって……そんなこと、知られない方がいいでしょう？」

戸惑い気味に京子が答えるのを訝りながら、青木は腰を上げ、病院に電話を入れるため、そのまま店のカウンターに向かった。

青木の背をしばらく見送ってから、京子はウェートレスを呼んだ。

「サンドウィッチ、テイクアウト、出来ます？」

「ええ、どうぞ」

ウェートレスはテーブルの注文伝票を取り上げた。

「じゃ、ミックスサンドをお願いします」

「ミックスサンド一人分、ですね。はい、承りました」

鸚鵡《おうむ》返しして踵《きびす》を返したウェートレスを見送ると、京子はホッと胸を撫《な》で下ろした。

「いやあ、参ったあ」

ほどなく戻って来た青木は、いくらか大袈裟な身振りで言った。

「当麻先生から、だったんですか？」

京子は青木の目をのぞき見た。

「やっぱり今泉さんのことだった。野本先生のオペレコードに間違いはないかって、鋭いところを突かれてね」

「じゃ、オペレコードにも嘘のことが……？」

「実は、そうなんだよ。でも、これはオフレコに頼むよ」

青木は人差し指を唇に立てた。

「ええ……、それで、当麻先生には？」

青木の目が曇った。

「よほど打ち明けようかと思ったけど……言えなかった」

京子はみじろぎ一つせず青木を見すえた。

青木は口ごもった。

「でも」

ややあって、かすかに白い歯をのぞかせていた口もとを京子は広げた。

「当麻先生は、別の病気を疑っておられるんでしょう？」

「ああ……多分、当麻先生の見立て通りだよ」

京子は目を見開いた。

「胆石《たんせき》がね」

と青木は、その目に急《せ》かされるように言葉を継いだ。

「肝臓で出来た胆汁《たんじゅう》を十二指腸に運ぶ総胆管《そうたんかん》に落ち込んだ——二週間前の痛みはそれだったんじゃないか、て」

「じゃ、今度の痛みは……？」

「うん、総胆管の末端を栓《せん》のように塞《ふさ》いだ石がはずれて浮遊した状態になっていたのが、また管の末端にはまり込んだための痛みだろう、て。僕は最初、総胆管でなく、胆嚢《たんのう》の出口の細い胆管に石がはまったんじゃないかって考えたんだけど、どうやら当麻先生の見立ての方が正しかったみたいだ」

「じゃ、もし当麻先生の診断が正しかったら、どうなるんですか？」

「ウーン……どうなるんだろうね？」

青木は絶句した。確診がついたところで当麻がどう出るのか、野本が今泉欽三のことを知ったらどうするのか、予測がつかないのだと京子は見て取った。

今夜の当直は当麻で明日は矢野になっている。波乱は月曜に起きそうだ、という不吉な予感だけは動かなかった。

「先生は、病院へ行かなくていいんですか？」

京子がためらい勝ちに沈黙を破った。

少しボーッとしていた青木は相手の意味するところを咄嗟《とっさ》には解《かい》しかねた。

「行かなきゃいけないかな、とも思ったんだけど、でも、行けば根掘り葉掘り問いただされて、その内ポロッと本当のことを喋ってしまいそうだから」

「当麻先生は、誤魔化せそうにないですものね」

京子が破顔一笑したのに青木は安堵と戸惑いを覚えた。

「先生が間に入るより、野本先生と当麻先生でやり取りした方が無難みたい。どっちにしても大変なことになりそうだけど……」

京子は青木の目の戸惑いに答えるように言葉を継いだ。

「でも、何だか嫌ね。そんな、嘘偽りを平気でカルテに書いて恥じないドクターが病院にいるなんて」

声をひそめたが、京子の口吻《こうふん》には怒気が含まれている。

一時間後に二人は席を立った。京子がみやげに持ち帰るというサンドウィッチを青木は見咎《みとが》める。

「それ、誰に？」

「スミレさんへ……」

「ああ、家主のお姉さんへね」

青木はニコリと頷《うなず》いた。京子は律儀にこの〝テイクアウト〟分は払うと言って譲らなかった。

「じゃ、私、ちょっとお手洗いに寄りますから、先にいらしてください」

青木は少しばかり意表を突かれた顔をしたが、京子は気が付かぬ振りをし、

「どうもご馳走様でした」

と一礼して踵を返した。

青木はしばらく未練がましく京子の後ろ姿を目で追っていたが、やがて諦《あきら》めたように歩き出した。

トイレは半ば口実だった。下宿へ戻る前に寄りたい、いや、この日をデートと定めてからずっと思いひそめていた計画通り、どうしても寄らねばならない所があった。

青木のポケベルが鳴った時、一瞬京子はこの計画が水の泡になるかと観念しかかった。青木がもし病院にとって返すことになれば万事休す、と。

「今日は行かない。当麻先生に追及されたら泥を吐きかねないからね」

という青木の言葉を聞いて、京子はホッと胸を撫で下ろした。

レストランを出るまでの行動を別にしたのも、相前後して車を出せば自分の行く先が知れると懸念したからである。

鏡に映った顔は、これからの冒険に胸がときめいて既に上気している。手櫛《てぐし》で額の前髪をかき上げ、ルージュを引き直してからトイレを出た。

店の外に出てひとしきりあたりをねめ回した。ひょっとして青木がまだ近くで待ち構えていないとも限らない。それは杞憂に過ぎたが、車のウォーミングにさらに念入りに時間をかけた。

胸がひときわさざめいた。ハンドルの冷たさがかえって心地良い。

車を発進した時には、青木と過ごした時間のことはもう念頭から消え失せていた。

駐車場から国道に出ようとしたところで、左右をめぐらしていた目が見覚えのある車を捉《とら》えた。ベンツで左ハンドルの座席に、ほんの一瞬だが、野本の顔を見た。顔しか見えなかったのは、右のシートに女が乗っていたからである。

女はタバコをくゆらせていた。

京子が車を国道に乗せた時、ベンツの後を追う形になったが、相手ははるか先を行っていた。

曲がり角が見えてきた。ベンツは国道からそれて左に入った。そちらには病院と宿舎しかない。

(間違いないわ)

車の主が野本と確信しながら、初めて目にした同伴の女が風聞の愛人に相違ないと思った。

京子もハンドルを左に切った。

患者用の駐車場に車を入れると、玄関脇の職員通用門をくぐり抜けた。九時前だからまだ施錠はされていない。十時になると当直の事務員が院内をパトロールしながら出口をすべてロックする。無論、コールすればあけてくれるのだが、「今頃、何しに？」と好奇の目で問いただされるのも煩《わずら》わしい。その辺《あた》りは計算済みで、時間を見繕《みつくろ》って青木とのデートも打ち切っている。

幸い当直の人間に出会うこともなく、一気に二階まで駆け上がると、そこからは足をゆるめた。普段は何気なく行き来している勝手知った職場だが、今夜に限ってまるで盗人のようにあたりを窺い、神経を張りつめ、心臓を躍らせている自分がいじましく切なかった。

医局の前に来て、これまたいつになく足を止めた。呼吸を整える必要があった。右手をそっと逸《はや》る胸に当て、左手の包みを握り直してから、思い切ったようにドアのノブに手をかけた。

煌々《こうこう》と明かりはついていたが部屋は静まり返って物音一つしない。

拍子抜けの感に、一方で安堵感が交錯した。

ひとまず自分の机の前に落ち着いた。そこからじっと、主《あるじ》のいない当麻の机を見すえた。

（五分、待とう）
そう、決めていた。
恐ろしいほど速く、のろく、時は過ぎた。
京子はやおらメモを引き寄せ、ペンを握った。

当直、ご苦労さまです。
お気に召すかどうかわかりませんが、
夜食代わりに召し上がってお疲れを
癒してください。

匿名にするかフルネームを日本語で書くか、迷った。いや、一番誘惑に駆られたのは、「京子」と名前だけ書き残したいという思いだった。だが、青木はもはや大丈夫としても、万が一誰かの目に触れないとも限らぬ。当麻に迷惑がかかってはいけないと自重した。

書き終えてからも、小刻みな指のふるえと胸のときめきがおさまるのを待つように、京子はしばらくそのままじっと椅子にかけて当麻の机を見すえていた。

一目でいいから会いたい、一言でいいから言葉を交わしたいと無性に焦がれながら、もし今ここへ本当に当麻が入ってきたら、胸は極みまで高鳴って張り裂けるかも知れない……。一分は何とか持ちこたえた。しかし、二分が限界だった。五分などとても持ちこたえられそうにない。何ものかに突き動かされるように腰を上げると、京子は一気に当麻の机に小走った。

再び手が震え出した。わななく指先に捉えたメモ用紙が小刻みに揺れた。これを机に真《ま》っ直《す》ぐ置くのに手間取った。

サンドウィッチの袋を重石のようにメモの上に置いて、もう一度、歪《ゆが》んでいないことを確かめると、後は一目散に医局を走り出た。

虚々実々

「ありそうですよ」

今泉欽三《きんぞう》の腹部に丹念に探触子《プローブ》を当てていたX線技師の鈴村が、エコーの映像を静止《フリーズ》して言った。

「総胆管《CBD》、かなり拡張してますしね」

「ウム」

斜め背後から画面を見すえていた当麻《とうま》が頷《うなず》いた。

「黄疸《おうだん》も軽度に見られますし、間違いありませんね」

矢野も相槌《あいづち》を打った。

「しかしまあ、念のためERCをしておこう」

「そうですね。小谷《こたに》先生にご高診依頼、書いておきます」

「ああ、頼むよ」

「二外の方へは、どうします？」

「ウーン……回すにしても、一応こちらで確診をつけてからにしよう。青木君には通じてることだし」

「あ、そうですね」

当麻は外来に戻った。

矢野は鈴村がプローブを動かすのを見つめていたが、その胸中には複雑な思いがかけめぐっていた。

前日、当直明けの当麻とバトンタッチの折、この患者のことがひとしきり話題になった。当麻の推測に異論はなかったが、一つの疑問を払拭《ふっしょく》出来なかった。

「野本先生はまるでCBDストーンは疑ってませんよね。最初から穿孔性腹膜炎《せんこうせいふくまくえん》とみなし、事実、十二指腸《じゅうにしちょう》にピンホールがあったとオペレコードに書いてありますが……」

当麻は曖昧《あいまい》に頷いた。

「たまたま両者が合併していた、てことでしょうか？」

「穿孔と、胆石《たんせき》の落下が同時に起こったって？」

「ええ……」

「そんな偶然は、万に一つもないだろうね」

「すると……？」

当麻の目が少し影を帯びた。

「穿《うが》った推測だが、ピンホールはなかったんじゃないかな？」

「ええっ!?」

矢野の眼鏡がズリ落ちた。

「万に一つの可能性にこだわるより、そう考える方がまだしも無理がないように思うんだが……」

「ハア」

矢野は眼鏡を押し上げ、半信半疑の体《てい》で当麻の顔に見入った。

例のごとくサッと一撫《ひとな》でするような回診を終えるや、いつもならさっさとセンターから姿をくらましてしまう野本が、指示を書こうとテーブルの前に腰を下ろしかけた青木の二の腕を、そうはさせじとばかり摑《つか》んで引き摺《ず》るように廊下へ誘い出した。

「お前、今泉欽三が入ってるのを知ってるのか？」

センターを出て五、六歩行ったところで立ち止まると、辺《あた》りを憚《はばか》るように声を押し殺して、急《せ》き込むように言った。

「チラと、耳にしましたが……」

「何故だ？　何故また入院したんだ？」

「最初のエピソードと似たような痛みの発作らしいんですが……先生は、どうして

……？」

「家族だ。ワイフを見かけたんだ」

「あ、ハア……」

「い、いつ入ったんだ？」

青木は目を宙にすえた。

「土曜日、のようです」

「何で一外に行ったんだ？」

「多分、救急車で運ばれて……当麻先生が当直でしたし……昨日はまた矢野先生が日当直でしたから」

「それにしても、ウチでオペした患者を一外で診ることはない。こっちで引き取ると言え」

「誰にですか？」

「まず――、婦長だな。婦長から当麻君に伝えさせればいい」

いつにない廊下での二人の立ち姿を、センターの看護婦や廊下を行き交う患者たちが好奇の目で流し見ている。

「それは、ボクの裁量の及ぶところではありませんから、先生から仰《おつしや》ってください」

「俺がいちいちしゃしゃり出ることはない」

野本は目角《めくじら》を立てた。

「お前がメッセンジャーボーイを務めりゃいいんだっ！」

「それは出来ません」

青木は断乎言い放った。義憤が腹の底から湧き起こっている。

野本の目尻が夜叉のように吊り上がった。

「なにィ!?」

「あの患者の事情はお前も知ってるだろう。一外の連中に下手な説明《ムンテラ》されたら我々の顔が潰《つぶ》されかねんのだぞ。それくらいの判断はお前にだって出来るはずだ」

「無論です。でも、当麻先生は、患者の不信を招くようなムンテラはされないと思います。事前に先生の方に何らかの打診もあると思いますし……」

青木は立ち話が苦痛になっていた。鳩尾《みぞおち》にシクシクと痛みを感じ出したからである。大学の受験を間近に控えた高校時代に覚えのある痛みだった。

(一度、胃を検査しないと駄目だな)

刹那《せつな》、新たな記憶が蘇《よみがえ》った。

「あ、確か今朝はエコーになっていましたよ。ちょっと見て来ます」

野本に言葉を返す暇も与えず、青木は踵《きびす》を返した。

エコー室の入口で、車椅子を看護婦に押されて出て来る今泉欽三と出くわして、青木はドキリとした。こちらに気付いた患者の目が、一瞬、恨めし気な色合いを呈したからである。青木は思わず黙礼したが、相手は無愛想にプイと横を向いた。青木は逃れるようにエコー室へ急いだ。

「やっぱり、ＣＢＤストーンのようですよ」

昨日のディスカッションの続き、と言外に匂わせて、青木に気付くや矢野は言った。

こちらは出端《でばな》を挫《くじ》かれた思いで差し出された写真を手に取った。

「ＣＢＤの末端に五ミリ径のが一個、あるようですね」

鈴村が補足するように言った。

「ＣＢＤも一・二センチで、やや拡張気味です」

青木はただ頷く他なかった。

「たまたま十二指腸潰瘍《じゅうにしちょうかいよう》の穿孔と合併したんかなあ」

「そうですねえ……」

青木の腋《わき》の下にヌルッと生温かいものが伝わった。

「明日は、ＥＲＣですね」

追及をはぐらかすように言って、青木は早々に引き返した。

病棟にとって返しながら、先刻、出会い頭に会った患者の冷たい視線を思い返していた。

（不信、恨み、憎悪の目だ。面倒なことにならなきゃいいが……）

考え込んだ時、鳩尾がまたキリリと痛んだ。

翌日の午後、今泉欽三は放射線科の「透視室」に降ろされた。小谷がERCを試みた。

矢野が助手につき、当麻と青木はガラス戸一枚隔てた操作室でテレビの画面に見入った。

内視鏡の先端からスルスルッと押し出された細いチューブがどうやら首尾よくファーター乳頭にアンカリングしたようだ。

造影剤が流れ出た。

「オッ……！」

異口同音《いくどうおん》に声が上がった。造影剤が不意に弧を描いて迂回するのを見届けたからである。

「エコーの所見と、ピタリ、一致ですね」

鈴村がニンマリとして言った。

ガラス窓の向こうから、矢野が当麻にVサインを出した。当麻は頷いてそれに応えたが、青木の頭にはカッと血が昇った。

（いやはや、これはえらいことになったぞ！）

その時、フッと人の気配を背後に感じた。と、同時に座が一瞬白けたような気がした。

「一件落着と思いきや、伏兵が潜んでいましたかな？」

空気を淀ませた闖入者《ちんにゅうしゃ》は、一斉に注がれたどの視線も無視して、当麻と青木の間に割り込むように体を入れながら、胆嚢《たんのう》まで映し出された映像を見すえた。野本と白衣が触れ合って、青木は背にゾクッと冷たいものが走るのを覚えた。

「二週間前、先生がオペなさった患者ですが……」

当麻が、頬骨の目立つ野本の横顔に言った。

「私が当直の時に急患で入ったので診させてもらっています」

「いや、それはどうも……。術後は極めて平穏《グラット》に経過してたんですがねえ」

野本は横を向いたまま言った。

「ええ。で、救急隊から連絡が入った時点ではイレウスかな、て考えたんですが……ご覧の通り、CBDストーンです。肝酵素値の上昇や、黄疸《おうだん》がマクロ的にみられることもそれを裏付けます」

「じゃ、後はこちらで診させてもらうよ」

さり気なく言い放たれた野本の言葉に、一同は唖然《あぜん》として当麻の顔を窺《うかが》い見た。

「結構です」

座が白け切るところまではいかなかった。

「では、私からは検査結果だけを伝え、後は野本先生にお委ねしましょう」

「いや……、それには及ばん」

一瞬口ごもったかに見えたが、息もつかずに野本は言った。

「一外でオペした患者が再入院してきたら、私なら即座に先生に連絡してそのままバトンタッチするけどね」

青木は背後で唇をかんだ。今度こそ座が白け切った。

「あ……それは私も同様です。ですから、土曜の夜、直《ただ》ちに先生をコールさせてもらいました」

野本の顔がひきつった。青木は次に自分の名前が、当麻の口から出てくるものと覚悟した。だが、それは杞憂に過ぎた。

「お書きになった手術所見と、今回、いや、煎《せん》じ詰めれば、最初の入院時のエピソードとが、どうもうまくつながらなかったこともありましてね」

コールに応答しなかった言い訳を野本がアレコレ思いめぐらしている間に、当麻は構わず続けた。

「手術所見は、レコードに書いた通りだよ」

野本がうすら笑いを浮かべて言った。

この時、小谷と、続いて矢野が、帽子とマスクをはずしながら透視室から出てきた。

「いやあ、オペをされてるんで、どうかな、て思ったんだが、十二指腸球部《ブルブス》は意外に綺麗で潰瘍《アルサー》も変形もなく、カメラがスーッと入ったんで、驚きましたよ」

小谷がストレートに言った。その顔には生真面目な怪訝《けげん》の表情が浮かんでいる。

「大網《だいもう》を充塡《じゅうてん》されたようですが、それらしき跡も見られませんでしたねえ」

青木は矢野と顔を見合わせ、それからおもむろに野本を流し見やった。

「あ、何ですよ、大網はちょいと上に乗っけただけです。何せピンホールで、大したものじゃなかったですから」

野本がとってつけたように言った。

(真っ赤な嘘を、よくもまあ抜け抜けとつけるものだ！)

青木は内心呆れかえりながら、白ばくれた野本の顔を窺い続けた。

「そうですか」

小谷はアッサリと言って、当麻に問いかけた。

「御高見通り総胆管結石《そうたんかんけっせき》のようですが、どうされますかな？　矢野先生はオペでしょうと言われたが、この程度の石だと、ESTという手もありますね。生憎《あいにく》、私はやりつけんのでお役に立てませんが……」

「あ……私もそれがいいと思います」

自分から逸《そ》れた小谷の注意を強引に引き戻すように、野本が間髪《かんはつ》を入れず言った。

「大学でもっぱらそれをやっている男がいますから、そちらにコンサルトしてみますよ。ファミリーには私からよくムンテラしておきますから」

野本は意識的に小谷だけを見すえていた。

「青木、当麻先生からよーく申し送りを聞いておけ」

続けてこう言い放ち、半身の姿勢を崩すやドアの向こうに立ち去った。

「ウッ……！」

不意に青木が呻《うめ》いて鳩尾を押さえ込みよろけるように椅子へ腰を落とした。

「青木君、どうしたっ⁉」

当麻が駆け寄り、次いで周りの人間が群がり寄った。


（第2巻につづく）

この作品は二〇〇五年一月栄光出版社より刊行された上下巻を文庫化にあたり大幅に加筆訂正、再構成し六分冊にしたものです。

幻冬舎文庫

●好評既刊
サワコの和
阿川佐和子

曖昧なジャパニーズ・スマイル、「三歩さがって」の男尊女卑精神に、根回し会食。まったく日本には腹が立つ。でも、そんな日本がなぜだか愛しくて……。アガワ流に日本を斬る珠玉のエッセイ。

●好評既刊
大丈夫！ うまくいくから 感謝がすべてを解決する
浅見帆帆子

「今の自分ではとても無理」と思える大それた夢も、強く願えば必ず実現する。成功させたいことほど、心配してはいけない。小さなラッキーを増やして、「いつも運が良い人」になってみよう。

●好評既刊
毎日、ふと思う 帆帆子の日記③
浅見帆帆子

起こることは、すべてがベスト。良いことも悪いことも心の中で整理して、すっきりした気分にしておこう。明日にむかって新しいことがやりたくなる、ますますパワーアップ帆帆子の日記。

●好評既刊
天然日和
石田ゆり子

うれし恥ずかしのあかすり初体験、真夜中の「JAF事件」、変装して挑んだフリマ、猫四匹と犬一匹の大所帯……。人気女優が、日常のささやかな出来事を、温かくユーモラスに綴る名エッセイ。

●好評既刊
王将たちの謝肉祭
内田康夫

美少女棋士が新幹線で受け取った一通の封書。それが、事件の幕開けだった。手渡した男は殺され、将棋界の大物、柾田九段の家でも第二の殺人が起き……。将棋界の闇に切り込む異色ミステリ。

幻冬舎文庫

●好評既刊
アルゼンチンババア
よしもとばなな

変わり者で有名なアルゼンチンババア。母を亡くしたみつこは、父親がアルゼンチンババアと恋愛中との噂を耳にする。愛の住処でみつこが見たものは？　完璧な幸福の光景を描いた物語。

●好評既刊
いぬのきもち
高倉はるか

犬が吠えるのをやめさせるには？　ご飯を急に食べなくなったのは病気かしら？　専門医だからこそわかる「犬と上手に付き合う方法」。これであなたも愛犬の気持ちが手に取るようにわかるはず。

●好評既刊
たまゆら
藍川　京

女流官能作家の霞は、画家の神城と出会う。二人は恋文を何度も交わし、やがて過激な愛の世界に。が、愛しても愛しても物足りない――。大人の性愛の日々が燃え尽きるまでを描いた官能小説。

●好評既刊
続・結婚後の恋愛
セックスレス編
家田荘子

「妻とは、できない」。多くの既婚男性がそう口にする。家庭は円満、愛情はあるのに、セックスはできない。セックスレスに傷つき、性嫌悪症に悩むカップルをレポートする、好評シリーズ第二弾。

●最新刊
ヤクザは女をどう口説くのか
石原伸司

ヤクザは、明日死ぬ気で、今日女を口説く――。俺は、何百人もの女とつきあい裸にしてきた。女の肌を味わうには、まず言葉、心で触れ合わねばダメだ。女との本気のつきあい方を教えてやる！

幻冬舎文庫

●好評既刊
東京フレンズ The Movie
衛藤 凛

姿を消した隆司を追ってNYへやってきた玲。久久に再会した隆司はもう、玲に音楽を教えてくれた王子様ではなかった——。悩みながら夢を追う若者達の姿を描いた青春恋愛小説、ついに完結！

●好評既刊
面接は心理戦で勝つ！
ライバルを出し抜く就職・転職の裏ワザ
田中和彦

「自己PRには具体的エピソードと数字を盛り込め」「残業手当や休日出勤手当について最後に細かく聞くな」など、人事との心理戦のコツを教える、脱・マニュアルの面接本。これで合格確実！

●好評既刊
ダメ犬グー
11年＋108日の物語
ごとうやすゆき

ぼくをたくさん笑わせてくれた。たくさん助けてくれた。グー、ありがとう——。人間みたいなヘンな犬〝グー〟と〝ぼく〟の日常を描く、感動のノンフィクション。これは、いのちのお話です。

●好評既刊
涙そうそう
吉田紀子
吉田雄生

亡き母の「タコライス屋」をもう一度出すという夢を持ち、ひたむきに生きる洋太郎。五年ぶりに血のつながらない妹に会い、一緒に暮らすことに。沖縄を舞台に描かれた、恋より切ない愛の物語。

●好評既刊
虹の女神 Rainbow Song
桜井亜美

学生時代の親友・あおいが飛行機事故で命を落としたことを知った智也。追悼として、映研の仲間と、あおいが監督をした幻の作品の上映会をすることになるが、そこで智也が目にしたものは……。

孤高《ここう》のメス

外科医《げかい》当麻鉄彦《とうまてつひこ》　第1巻

大鐘稔彦《おおがねなるひこ》

平成19年1月31日　初版発行
平成19年4月5日　6版発行

発行者――見城徹
発行所――株式会社幻冬舎
〒151-0051東京都渋谷区千駄ヶ谷4-9-7
電話　03(5411)6222(営業)
　　　03(5411)6211(編集)
振替00120-8-767643
印刷・製本―株式会社　光邦
装丁者――高橋雅之

幻冬舎文庫

ISBN978-4-344-40899-9　C0193　お-25-1